Além de Orion:
Um Arrepiante Romance de Mistério, Suspense e Terror Cósmico

H. Phillips

Pensamos que podemos imaginar as maravilhas e os segredos do cosmos, mas quando olho pela janela da nave espacial, penso para mim próprio: "Bolas, nem nos meus sonhos mais loucos poderia imaginar o que se esconde por baixo desse planeta escuro para onde vamos, espero que a morte não esteja lá à nossa espera". Tenente Mark

Prefácio

Ano 2078. O que em teoria deveria ter sido uma missão simples ao planeta minerador 14 na constelação de Orion, a 1300 anos-luz da Terra, usando buracos de minhoca, se transformou para o capitão Jeffrey da Babilony e sua equipe em um pesadelo total e sinistro...

"Além de Orion" é um emocionante romance de terror cósmico cheio de mistério, suspense e intriga que o manterá constantemente à beira de sua imaginação, enquanto você descobre aos poucos os enigmas que o aguardam e o incrível e inesperado final. Aproveite!

Índice

Capítulo 1

Passaram mais de sete décadas desde a queda das Torres Gémeas, em 2000, e da guerra no Iraque, que resultou no derramamento de sangue inocente devido a ambições estrangeiras perversas. Desapareceram os sonhos dessas gerações e apenas restam memórias tremeluzentes nos últimos vestígios dessa geração que se recusa a esquecer. No mundo de hoje, muitas nações deixaram de existir devido à Terceira Guerra Mundial que teve lugar no final dos anos 30. Apesar do resultado nuclear devastador desse acontecimento para milhares de milhões de pessoas, o mundo floresceu gradualmente numa era de relativa paz entre as duas únicas potências sobreviventes: a Rússia e os Estados Unidos.

Nos anos que se seguiram ao colossal conflito, a ciência e a tecnologia avançaram a passos largos, de tal forma que as primeiras missões a Marte da NASA, há sete décadas, eram ridículas para aqueles que agora percorriam as estrelas à procura de sinais de vida e de recursos energéticos.

Em 2050, muitas teorias quânticas viram finalmente a luz do dia quando, pela primeira vez, o mundo foi capaz de abrir buracos de minhoca para estrelas próximas e, uma década mais tarde, de enviar naves espaciais interestelares para explorar sistemas solares. Apenas alguns meses antes, tinha mesmo lançado a primeira missão não tripulada à galáxia do chapéu, a mais antiga das galáxias, com relativo sucesso. A Rússia e os Estados Unidos tinham chegado a um acordo como nunca antes para a exploração conjunta de mundos energéticos, bem como para a procura de vida inteligente no cosmos.

A multinacional de energia e tecnologia Wadiom, a mais poderosa do mundo, tinha sido escolhida há décadas para começar a explorar o cosmos em aliança com as duas potências acima mencionadas. E isso porque era a única empresa e a pioneira a ter criado naves espaciais suficientemente potentes para navegar no espaço profundo. Sem dúvida, foram as descobertas da física quântica que realmente tornaram possível a exploração estelar, porque embora as naves fossem extremamente poderosas, a tecnologia humana ainda não tinha sido capaz de criar naves que se aproximassem da velocidade da luz.

De 2050 a 2070, a exploração conjunta levou à descoberta, em diferentes sistemas solares da nossa galáxia, de mais de vinte e cinco planetas com condições viáveis e seguras para a extracção de minerais energéticos. Embora a maioria deles não tivesse atmosferas respiráveis, foram criadas pequenas cidades com tudo o que é necessário para levar a cabo tais tarefas. Estes planetas estavam equipados com a nova tabela periódica de novos elementos exóticos, descoberta apenas nos anos 60, que era usada exclusivamente para a criação de naves espaciais interestelares, e elementos raros que permitiam a produção de grandes quantidades de energia para abrir os famosos buracos de minhoca.

Apesar da descoberta de cinco planetas avermelhados com atmosferas e condições óptimas para a vida humana, não foi descoberta vida inteligente, apenas vegetação exótica esparsa que tornava a atmosfera algo respirável. No entanto, os seres humanos só foram transferidos em 2068, após um programa de reflorestação em grande escala de biliões de flora terrestre adaptada nos cinco planetas e, eventualmente, no início da década de 2070, para enviar mais de dez milhões de pessoas espalhadas por todos estes mundos. Sem dúvida, e apesar do facto de o planeta Terra estar a recuperar da brutal guerra nuclear que tinha sido travada há décadas, a intenção das potências mundiais era a de, eventualmente, deslocar metade do planeta para novos horizontes.

Embora a inimizade entre as duas potências mundiais estivesse no passado, havia uma competição feroz entre as grandes empresas multinacionais para suprir a elevada procura de energia e para ganhar os suculentos contratos da maioria dos governos terrestres... e das futuras empresas dos mundos onde a vida humana tinha surgido há menos de uma década.

A empresa líder Wadiom tinha a concessão para a exploração gratuita da maioria dos planetas descobertos e, por isso, dava 50% dos colossais dividendos aos governos dos EUA e da Rússia, incluindo a energia necessária a ambos os regimes. Tal era o poder da multinacional que, durante uma década, não teve qualquer supervisão directa nem controladores de ferro e, portanto, podia fazer o que quisesse no cosmos. Tinha até o seu próprio esquadrão de segurança, composto por ex-fuzileiros navais e ex-fuzileiros das forças especiais da Seals, que se encarregavam de guardar as naves interestelares e os rebocadores quando estas transportavam o valioso material para diferentes planetas. Onde as naves e os compostos líquidos eram depois fabricados para serem usados como materiais energéticos, combustíveis e reactores de potência para abrir portais dimensionais, tais como buracos de minhoca.

Formalmente, a aliança anglo-russa tinha concedido os direitos de 14 planetas, de um total de 25, à Wadiom para iniciar a exploração e para que ambos obtivessem lucros. Duas décadas depois da concessão, a empresa tinha criado pequenas cidades de não mais de um quilómetro de comprimento com o necessário para a extracção de energia em pelo menos sete dos catorze mundos. E os restantes eram apenas vigiados para evitar que piratas espaciais chineses ou japoneses entrassem no território para roubar material ou instalar módulos.

Passaram apenas alguns meses desde que os físicos de Wadiom reuniram energia suficiente para manter um buraco de minhoca e transportar robots automatizados para a galáxia do chapéu. Era incrível, porque a maioria das viagens que tinham sido feitas até agora tinham sido para a constelação de Orion, onde metade da maioria dos planetas mineiros descobertos estavam localizados.

Capítulo 2

-Ainda bem que estão todos aqui, rapazes", disse o Sr. Mcmann, o presidente da empresa, no meio daquela enorme sala onde se notava que estava um pouco agitado, provavelmente por causa do que ia discutir naquela pequena reunião de última hora. Todos os que estavam sentados ao longo dos lados da mesa, ao fundo, pareciam expectantes, pois estas reuniões eram raras para eles, uma vez que estavam sempre no espaço profundo, deslocando-se de cá para lá a transportar o valioso minério. Digamos que eles eram os pedreiros de tudo na empresa.

Peço desculpa por vos ter trazido aqui com urgência", continuara o presidente num tom mais sério que deixara a maioria dos que ouviram um pouco perturbados, "amanhã partirão para a estação espacial do sistema solar uk2 na Orion, algo de estranho se passa", acrescentara com um ar preocupado, "não quis dizer-vos isto em separado por razões de segurança, porque o Sr. Lak Bey, o dono da empresa, não quer que ninguém saiba disto, só os que vão levar a cabo a missão, - Eu não queria contar-vos isto em separado por razões de segurança, porque o Sr. Lak Bey, o proprietário da empresa, não quer que ninguém saiba disto, apenas aqueles que vão liderar a missão e os três Ceos mais importantes da empresa que estão presentes. -Depois de dizerem isto, todos, excepto eles, olharam uns para os outros como se dissessem: "algo estranho, e como é que se traduz estranho?

-O que é que quer dizer com algo estranho, senhor? -exclamou Jeffrey, capitão da nave interestelar Babilony, um rebocador de energia de milhares de toneladas que não estava fixo em nenhum planeta, mas estava intercalado com a maioria dos capitães de outras naves. Um mês no planeta quatro, transportando o material para fábricas perto da Terra, e outro no planeta cinco, e assim por diante, mas normalmente não saíam em missões de exploração para além do círculo de segurança, onde a maioria dos planetas mineiros não estavam separados por mais de cinco dias-luz. O anel, como era conhecida a zona mineira, onde convergiam a maioria dos planetas descobertos, formava uma espécie de anel visto de um mapa, daí o nome.

-Como sabem, Uk2 é o 14º planeta da empresa e o mais afastado de todos, há apenas uma equipa de cem trabalhadores qualificados a extrair o minério mais caro que existe, e a pequena estação espacial que monitoriza o planeta. O último relatório que recebemos deles foi há três dias e... o relatório parecia bastante perturbador: "Mayday... venham buscar-nos, eles vêm aí", foi a última coisa que ouvimos em áudio. Que, por razões óbvias, prefiro omitir aqui para não perturbar as emoções. Não sabemos qual foi o motivo do alarme que os levou a enviar este áudio da zona de controlo das minas. E o pior é que a estação espacial do planeta também perdeu a comunicação dias depois de termos tentado comunicar... algo extremamente raro. Estou a revelar-vos tudo isto, não para vos assustar, mas para que saibam, e estejam preparados psicologicamente para o que quer que tenha acontecido. Deus queira que seja só um susto..." disse esta última frase um pouco desanimado, na sua cara havia mais qualquer coisa que não queria dizer, mas ninguém apontou nada, porque pensavam que era a causa da preocupação de tudo isto.

Era sabido que a empresa possuía uma rede de satélites ao longo de milhares de anos-luz para entregar mensagens numa questão de dois dias, no máximo. Em anos anteriores, milhões de pequenos satélites receptores tinham sido transportados através de buracos de minhoca para permitir a comunicação directa com estas áreas longínquas numa questão de dias, no máximo.

Talvez seja uma tempestade solar", ouviu-se Mike, o co-piloto do Babylon, a comentar ao lado do capitão.

-Especulámos sobre isso no início, mas depois os sistemas de satélites fizeram uma varredura de toda a parte oriental do sistema para detectar quaisquer estrelas próximas que pudessem ter tempestades, mas a análise mostrou que não havia qualquer indicação de que Betelgeuse ou qualquer outra estrela vizinha estivesse a entrar em tempestades electromagnéticas, por isso isso isso foi excluído", disse um dos associados do presidente do outro lado da mesa. Depois houve um pequeno silêncio entre os transportadores, como se dissessem "e se não é uma maldita tempestade solar, o que é suposto pensarmos que causou tudo isto?

- Achas que podem ser piratas outra vez? -disse o comandante de novo com toda a seriedade.

-Poderia ser, mas duvidamos dessa possibilidade", respondeu o presidente laconicamente, "Excluímos essa possibilidade porque temos algumas naves de segurança a monitorizar quaisquer sinais de naves desconhecidas que passem perto desses planetas distantes. Da última vez que se atreveram, os chineses foram dizimados pelos nossos rapazes, e nós nem sequer avisámos o governo.

Quer dizer, não me parece que estejam a pensar em homenzinhos cinzentos, pois não?", insinuou passivamente a engenheira-chefe Emily, outro membro importante da equipa de Jeffrey. Enquanto alguns dos seus colegas de equipa deram sorrisos quase imperceptíveis perante as alusões a extraterrestres.

-Neste momento tudo é possível", sublinhou Mcmann, "infelizmente a maior parte da equipa de segurança de Wadiom que está protocolarmente designada para fazer este tipo de reconhecimento não está disponível, devido a diferentes missões em diferentes partes distantes da galáxia. E devido ao perigo para as vidas humanas, não podemos adiar isto até eles chegarem dentro de alguns dias, por isso os mais fiáveis são vocês. Não se preocupem, já falei com o chefe de segurança da nossa companhia e há 15 soldados disponíveis para ir convosco.

-Concordo plenamente, senhor", disse Jeffrey, abanando ligeiramente a cabeça em sinal de aceitação. Embora, no fundo, ele estivesse preocupado porque não era normal que as comunicações fossem permanentemente cortadas em qualquer planeta, não importava o quão longe ele estivesse. Era um dia, no máximo, para a distância, mas três ou quatro dias de atraso era algo a considerar.

-Convosco estarão cinco engenheiros e os quinze fuzileiros que vos servirão de segurança. - revelou outro director-geral da empresa, levantando-se e dirigindo-se ao local onde Mcmann se encontrava para dizer mais algumas coisas. -Os físicos e os técnicos estão a preparar tudo o que é necessário para abrir o buraco de minhoca às 11 horas da manhã, hora da Terra, por isso será suficiente para chegar à estação de abertura em Marte. Por isso, preparem tudo", ordenou, e ao mesmo tempo terminou a reunião. Depois, a equipa de Mcmann entregou alguns relatórios e dados extra à equipa de Jeffrey, que era constituída por oito membros, incluindo ele próprio. Duas médicas a bordo, três engenheiros e dois co-pilotos auxiliares, embora apenas metade deles tivesse participado na reunião.

ESTACIONAMENTO - NAS INSTALAÇÕES DA EMPRESA WADIOM

-Bobby, não te esqueças de dizer ao resto da equipa para estar no hangar cedo, o mais tardar às cinco da manhã, partimos às seis... e se alguém ficar para trás, as cabeças vão explodir", disse Jeffrey enquanto ligava o seu Mustang Gt de 1960 e acelerava para fora das instalações para a estrada arborizada que levava a Nova Iorque.

-Sempre eu, liga para aqui, apanha isto, apanha aquilo, apanha isto, vai-te foder", disse ele enquanto estendia o dedo médio na direcção do Mustang que estava quase fora de vista. Depois meteu-se no carro e saiu do complexo.

Capítulo 3

Devido ao perigo de abrir buracos de minhoca a partir da Terra, mesmo que por alguns segundos, foram colocados enormes motores quânticos a cerca de 20.000 km do planeta Marte. Estes dois enormes motores quânticos, do tamanho de um pequeno arranha-céus, expeliram a energia atómica concentrada capaz de abrir um buraco de minhoca no espaço-tempo suficientemente grande para a nave espacial passar. De antemão, um computador quântico atribuía o número de milhares de anos-luz a percorrer. O protocolo era sempre o mesmo: atravessar o buraco para o outro lado a pelo menos mil quilómetros de distância de qualquer corpo celeste, fosse ele um planeta, um asteróide ou uma estrela, por causa do risco de ser engolido e transformar-se num perigoso buraco negro, o que, na teoria dos físicos, não poderia acontecer, mas, pelo sim, pelo não, preferia-se evitar.

ALGURES NO PORTO DE NOVA IORQUE 2 DA MANHÃ

Comandante, Comandante Frederick, está a ouvir-me? Preciso de falar consigo. - Uma voz feminina entrou através de um computador nos aposentos do capitão que servia como um receptor de comunicações.

-Que se passa Linna, não vês que horas são?

-Perdoa-me por te acordar. Sei que já passa das duas horas, mas não consegui dormir porque...

-Vamos, o que é que se passa? -Deixem-nos, amanhã temos uma longa viagem.

-Não estou a gostar disto, senhor.

-Eu também não, mas, bem, para além do mistério do caso, acho que não vai acontecer nada. Não se preocupe, os seguranças vão connosco.

-Não era essa a minha intenção.

-E então?

-Sabem bem que os dois rebocadores, o Nostradamus e o Babel, desapareceram numa missão semelhante e, embora inicialmente tenha sido atribuída a piratas chineses, já passou mais de um ano e as investigações não dão uma indicação clara do que lhes aconteceu. Porque sabem bem que do planeta 14 até ao local para onde vamos e onde essas duas naves desapareceram são apenas 23 dias-luz e..." disse num tom imprudente que até o capitão notou.

-Compreendo os teus sentimentos, Linna. E sim, como não sentir a falta do Comandante Tomás, um grande amigo, mas não te preocupes, talvez tenham tido um acidente e...

-Causado por algo, senhor, sabe-se lá o quê. Duvido que fossem piratas porque, pelo menos, teriam enviado um sinal de socorro para um satélite receptor, que é abundante nalguns asteróides dessas zonas. E, como sabe, não havia nada em nenhum dos satélites que os peritos analisaram. Por vezes, passamos por estas zonas, obviamente não muito longe da rota segura.

-São suposições, querida, vai lá! Vai descansar, não vai acontecer nada, vamos só fazer o reconhecimento..., vais ver que não tarda nada estamos lá! Não é nada mais do que problemas técnicos com algumas antenas, normalmente acontece por causa das constantes tempestades solares de Betelgeuse naquela zona...", disse ela e depois despediu-se antecipadamente. No entanto, aquele telefonema tinha, sem dúvida, plantado a semente da dúvida no seu coração, pelo menos momentaneamente. Embora na reunião da manhã o Presidente

Mcmann tivesse omitido o comentário sobre o infeliz e estranho desaparecimento dos dois grandes rebocadores mencionados no telefonema de Linna, para não despertar recordações.

Apesar de ter sido formado um grupo para investigar a vasta área que compreende o anel de planetas, nada de conclusivo foi encontrado quanto à razão do desaparecimento das duas naves há doze meses, que ainda estava bem viva na mente de todos. A companhia, para salvaguardar os seus interesses, afirmava vagamente que se tratava de um ataque de piratas japoneses, mas isso não respondia à razão pela qual nenhuma das naves militares que vigiavam as rotas tinha detectado um único sinal de satélite intruso a partir dos painéis de controlo que cada nave intrusa emitia. Isso era obviamente porque não sabiam e, de alguma forma, para acalmar o medo dos seus pilotos, o dinheiro entrava claramente em jogo devido aos múltiplos contratos com diferentes países. Não podia ser atrasado por um simples desaparecimento misterioso de um par de rebocadores. O negócio estava em primeiro lugar.

Jeffrey não tendia a ser demasiado conspiratório e pensava apenas que seria mais uma viagem de rotina. No entanto, vale a pena mencionar que o planeta 14 era tão perigoso de alcançar que, mesmo que se passasse por um buraco de minhoca do planeta doze para o planeta treze, não havia atalho para o catorze, ou seja, dois motores quânticos para abrir um buraco de minhoca, porque as constantes tempestades solares tinham atrasado a instalação durante anos e, devido à área cheia de asteróides e à radiação directa, era extremamente perigoso montar a estação de abertura. Assim, não havia outra hipótese senão viajar pelo espaço profundo durante mais de 2 dias-luz a 10 km por segundo. Do planeta 13 ao planeta 14, o mais afastado do anel de segurança, e onde os vaivéns iam e vinham de três em três semanas para levar mantimentos e transportar material devido à distância.

Da Terra ao planeta Treze, que ficava na parte mais remota da constelação de Orion, eram várias centenas de anos-luz, mas através do buraco de minhoca demorava apenas um par de horas. O problema era que, uma vez atravessado o buraco de minhoca, era preciso viajar em mini-buracos de minhoca de planeta em planeta até chegar ao planeta exacto para onde se queria viajar usando os motores quânticos. Por causa do risco de ir demasiado longe e ficar demasiado longe do local acordado. Assim, em teoria, Jeffrey e a sua equipa chegariam, na melhor das hipóteses, ao planeta 14 dentro de alguns dias, se o destino assim o desejasse.

Capítulo 4

As horas da noite passaram a voar e Jeffrey e toda a sua equipa estavam a fazer os últimos ajustes de segurança no hangar principal do Babylon.

Já lá vai muito tempo, meu! Vejo que não estás a ficar velho", ouviu-se uma voz áspera a gritar nas costas de Jeffrey enquanto este verificava o motor traseiro da colossal nave.

- Mas que merda, pregaste-me um susto do caraças, meu", respondeu e depois deu um murro em Richard, o chefe de segurança de Wadiom, um antigo fuzileiro das forças especiais que tinha criado uma empresa de segurança e a geria, embora com o tempo Wadiom a tivesse assumido naturalmente e tivesse o controlo total. A unidade que geria era composta por 20 tripulações, cada uma com pelo menos 100 elementos altamente treinados e a sua própria nave interestelar para guardar as fábricas e os planetas onde se fazia a extracção de minério e o trabalho de fabrico. Embora parecessem ser suficientes em número, a companhia estava a precisar de mais ultimamente e por isso não havia suficientes para acompanhar a Babilónia, cujo protocolo para uma missão de reconhecimento daquele tipo seria de pelo menos cinquenta elementos. Ao fundo, via-se descer a rampa uma pequena unidade de pelo menos quinze homens vestidos de preto e com espingardas de assalto.

-Não se preocupem com o número, são os melhores", disse Richard, "são Seals, provavelmente não vos parecem familiares, mas estes tipos são os melhores da elite. Saudações, Sr. Richard", Emily, a engenheira-chefe, foi ouvida a gritar do canto e depois avisou Jeffrey que os motores começariam a aquecer em breve, um pormenor muito importante que significava que ele devia apressar-se a ocupar o seu lugar no cockpit.

Vejo que estão a chamar-te. Se eu tivesse a tua idade, Jeffrey, sentir-me-ia honrado por ir com aquelas beldades", disse ele, sorrindo largamente enquanto Jeffrey gargalhava, depois despediu-se e desceu a rampa para tomar o seu lugar.

Para além dos que se encontravam a bordo da nave, havia toda uma equipa logística e técnica no exterior, atenta a aberturas no telhado e a quaisquer anomalias na descolagem. No interior da nave, o comandante Jeffrey Breyton,

Mike, de 27 anos, e Linna, de 22 anos, como co-pilotos, e os médicos Alexandra e Sandy, de 28 e 33 anos, bem como os engenheiros Bobby, Luke e a chefe Emily, já tinham tomado as suas posições. Mais 15 fuzileiros das forças especiais e 5 engenheiros com experiência em maquinaria mineira e radar que estavam à disposição para o caso de toda a confusão no planeta 14 ser um problema técnico.

Jeffrey Breyton, 39 anos, o piloto-chefe do Babylon, era um ex-aeronauta das forças armadas na sua juventude e, nos últimos 12 anos, ganhava a vida a voar sobretudo no anel de segurança de Orion e em algumas zonas remotas do nosso sistema solar. Era viúvo, porque Jenny, a sua mulher, tinha morrido de cancro há 4 anos, e o seu filho de 7 anos era bastante difícil para ele não o ver durante meses seguidos, mas ele amava-o, isso era certo. Pelo menos, quando estavam juntos, aproveitavam ao máximo esses momentos. Se bem que, quando ele crescesse, talvez os verdadeiros pais fossem os avós, coisas da vida, diziam, mas não havia outra maneira de continuar; era um risco profissional.

A Babylon era uma nave de reboque do tamanho de um estádio de futebol e com pelo menos 15 metros de altura, além de mais de 5.000 toneladas, porque costumavam transportar pesos brutais em cima no espaço profundo. Não tinha peso e era muito rápida graças aos seus sistemas de aceleração quântica, pelo que demoraria cerca de seis horas a chegar a Marte.

-Análise concluída, sistemas prontos. Não foram detetados erros. Motores a disparar. - A mensagem de "A Babilónia está a descolar" foi ouvida nos altifalantes de todos os compartimentos da nave, enquanto o rugido dos potentes motores se acendia e a Babilónia deixava o planeta Terra a uma velocidade abismal. Para dizer a verdade, era rotina para eles descolar, mas uma missão deste tipo não era uma ocorrência diária, especialmente quando não se sabia para onde se ia, e ainda pior para o planeta mais distante, o que Jeffrey fazia uma vez de dois em dois anos, porque essa secção normalmente cabia a Lukas da Blackhaw.

Cabina de controlo 6h.

Mike, vá lá! Vai para o teu posto e deixa os médicos em paz lá atrás", ordenou Linna pelo intercomunicador ao co-piloto que estava na secção médica no primeiro andar do Babylon, e ele ignorou-a, o típico piloto irresponsável. Mas, devido ao seu grande conhecimento, não tinha sido despedido, mas costumava fazer sempre estas coisas: abandonar o seu posto à custa dos outros. -Este idiota...", resmungou para si próprio. - Ei Capitão, estou a ver que..., desculpe aquilo de ontem à noite, não era minha intenção...

Vá lá, és como a minha sobrinha, podes contar-me tudo o que quiseres", disse ele enquanto lhe lançava um olhar fugaz. No fundo, ela detestava esta última, porque, apesar de ter vinte e dois anos e ser a mais nova da equipa, sentia alguns sentimentos contraditórios pelo capitão, sabe-se que quando se viaja muito com alguém, por vezes, os sentimentos surgem, e para ela a admiração e o galanteio de Jeffrey eram irresistíveis, mas sempre o guardara para si própria por razões de não parecer ridícula.

Não se preocupe, capitão... é que às vezes tenho um palpite que, não sei... sinto que um piloto deve ser forte como tu e eu..." Virou-se para olhar para ela e deu-lhe um pequeno sorriso de irmão, embora ela tenha lido esse sentimento e sorrido de volta.

Lembro-me que tinha vinte e cinco anos quando pilotei uma destas naves pela primeira vez. No início, temos medo do que podemos encontrar no espaço profundo, mas, a pouco e pouco, perdemos essa sensação. É compreensível que haja sempre incerteza em todas as viagens. O cosmos é demasiado grande para não se ter medo dele, mas, vá lá, já andas nisto desde os vinte anos, por isso vais ver que aos vinte e cinco me ultrapassas.

-Obrigado pelas palavras, senhor, estava a precisar delas, acredite", disse ele, sorrindo, e depois voltou o olhar para a frente de umas placas que tilintavam numa dança de luzes secundárias de computador. Depois disso, não houve mais conversa durante algum tempo.

No interior, a nave estava dividida em várias zonas separadas por portas com sensores pressurizados. Começava com o cockpit de oito metros, depois vinha a zona central dos computadores, a cozinha e a zona de refrigeração, o armazém, a zona intermédia mais larga onde a tripulação normalmente se deslocava, e a zona traseira onde os engenheiros normalmente se deslocavam. A parte de cima era a zona onde se transportavam os minerais, por isso era a zona de carga. E do mesmo tamanho: um estádio e cerca de quinze metros de altura exclusivamente para carga.

Após seis horas de navegação tranquila, a Babilónia tinha chegado à sua primeira paragem: Marte, para atravessar o mais rapidamente possível o buraco de minhoca que os engenheiros e físicos da estação se preparavam para abrir para os atravessar, e colocá-los no primeiro par de motores quânticos do planeta conhecido como verde ou planeta um, que seria o primeiro, depois seriam colocados no segundo a quatro dias-luz de distância e assim sucessivamente.

Capítulo 5

Residência do proprietário da empresa Wadiom

-Ainda bem que vieste, Mcmann, queria falar contigo sobre isto pessoalmente", disse o dono da empresa da sua mesa oval no meio da luxuosa sala onde atrás dele se via um belo lago e ao fundo um espaço de floresta de coníferas imerso na residência do magnata. Mcmann estava um pouco nervoso, não era por acaso que Lak Bey era conhecido na alta elite da empresa como um tirano e capaz de fazer qualquer coisa pelos seus interesses. Mcmann, apesar do seu poder, era um mero fantoche dele, que tudo faria para manter o patrão satisfeito e para fazer crescer a sua conta bancária com comissões elevadas.

-É uma honra estar convosco, eu vim....

-Isso é para o proletariado, dizia o meu pai, que Deus o tenha", disse Lak Bey num tom zombeteiro e com a sua voz grave característica.

-Sinto muito. Eles acreditaram em tudo, senhor", respondeu, engolindo saliva. Notava-se que não conseguia conter o nervosismo perante o tirano, mas continuou o melhor que pôde. -Eu disse-lhes que seria uma rotina, como me disse, e eles acreditaram em tudo. Agora estão a dirigir-se para o planeta 14 e espero que aconteça o mesmo que... que o Nostradamus e... para descobrir o que raio era aquilo, senhor, que foi detectado no radar antes de eles... desaparecerem.

-Espero que isso aconteça, senão sabe o que os rapazes vão fazer se chegarem ao planeta 14...", aludiu Mcmann.

-Claro que sim," acenou o presidente fugazmente, "cinco dos rapazes militares que estão com eles já estão a cumprir a ordem. Quero dizer, se nada acontecer e eles chegarem ao planeta 14 e virem que....

-É melhor não o dizermos, vamos ver o que acontece, esperemos que nos dêem alguma luz sobre o que se passa naquela zona, e o porquê do desaparecimento dos navios. Tenho a certeza de que saberão enviar um sinal, pelo menos de que isso está a acontecer, se não, não haverá remédio, sabe como é alertar os militares, mas como sou um bom amante de mistérios, vamos esperar, não acha, Mcmann?

-Sim, sim, senhor", acenou com a cabeça como um simples escravo que diz sim a tudo. O facto é que Mcmann, apesar de ser um homem duro, déspota e forte aos olhos dos seus subordinados, parecia a Lak Bey um cão chihuahua que dizia sim e acenava com a cabeça a tudo. No entanto, no fundo, estava aterrorizado com a ideia do que o Sr. Lak Bey tinha ordenado uns dias antes, quando planeou tudo, para saber o que se passava na zona chamada X, uma zona descoberta acidentalmente há alguns anos, onde havia uma pequena nuvem de asteróides que não eram perigosos, mas nessa zona, antes de chegar ao planeta 14, estava a acontecer qualquer coisa há um ano, e eles queriam saber o que raio se passava porque era precisamente nessa zona que as duas naves tinham desaparecido.

E apesar de a empresa saber que foi aí que se deu o desaparecimento, formou uma comissão de investigação e deu-lhes outro endereço, e mencionou-lhes que estavam perdidos na zona do espaço profundo que compreendia o planeta 4 a 5, por isso nunca foram investigar essa zona x e só investigaram satélites próximos que não tinham nada nos seus sistemas do Nostradamus e do Babel. Por isso nunca souberam porquê. Mas os satélites do grupo de hackers internos que serviam Lak Bey estavam bem cientes de que interceptavam informações de pequenos satélites próximos em teoria da zona x, razão pela qual tomaram conhecimento dessa zona e do desaparecimento misteriosamente estranho das duas naves e da mensagem perturbadora que tinham dito antes e que só Lak Bey tinha nas mãos, e não era a mensagem que o Sr. Mcmann tinha dito ao grupo.

-Só podemos esperar que o pequeno robô que os segue registe tudo, embora seja melhor rezar para que não lhe aconteça o mesmo. Por isso, mantenham-no o mais longe possível para não ser detectado.

-Claro, esperemos que sim", comentou Mcmann, enquanto o velho do outro lado esboçava um sorriso maquiavélico, como se dissesse: "Esperemos que seja algo que nos traga grandes benefícios.

Embora, nessa altura, já não restassem muitos vestígios que os pudessem envergonhar legalmente, o seu plano continuaria. O ambicioso Lak Bey era um homem de idade desconhecida que, na maior parte das vezes, não saía da sua mansão situada algures nas montanhas de Washington DC. O seu misticismo e a sua aura eram lendários. Muitos diziam que ele não saía à luz do sol por causa de uma doença de pele. No entanto, tinha formado a empresa mais poderosa do planeta, com corrupção no seu séquito e uma violência inconsciente contra todos os que se opunham aos seus planos.

Horas mais tarde, a 20.000 km de Marte, os dois motores de borracha do tamanho de um edifício ejectaram com sucesso o concentrado de plasma que permitiu abrir o buraco de minhoca com cerca de 50 metros de altura por 100 metros de largura, em segundos suficientes para a Babilónia entrar e, minutos depois, ser localizada a mais de 1.300 anos-luz da Terra, na sua primeira paragem: Planeta 1 na constelação de Orion, o que em teoria demorava menos de uma hora em cada paragem, ou seja, um dia para chegar ao fim do dia no planeta mineiro 13 de onde partiria o módulo espacial do planeta 13 para o 14 às 5 horas do dia do sol de Riniur que brilhava no pequeno planeta a mais de 200 milhões de quilómetros de distância.

Estação espacial planeta 13 Wadiom

Finalmente, o rebocador tinha atracado na gigantesca estação espacial e os seus tripulantes estavam abrigados no interior das instalações, que tinham tudo, desde instalações desportivas a bares. A estação espacial ficava no lado norte do lado escuro do planeta 13, onde a maior parte da tripulação de Wadiom trabalhava em dois turnos para extrair um material valioso chamado Maditia, que era utilizado nas ligas usadas no fabrico de cargueiros interestelares. Na estação havia sempre cerca de seis pessoas a monitorizar todo o sistema de controlo e os sinais recebidos eram depois enviados para os mineiros lá em baixo ou para planetas a quatro ou cinco dias-luz de distância, que a essas distâncias se comunicavam, na melhor das hipóteses, com poucas horas de diferença, graças à extensa infra-estrutura de redes de satélites entre eles. Do planeta 1, a 1300 anos-luz de Marte, para a Terra demorava uma hora e do 13 para a Terra demorava um dia, no máximo, mas do 14 para a Terra - porque não havia atalhos - demorava pelo menos dois dias.

-Vista maravilhosa, não acham? - o engenheiro-chefe irrompeu por uma mesa onde Jeffrey e alguns membros da equipa estavam sentados com vista para o planeta, a saborear um churrasco e cervejas.

-Vá lá e junte-se a nós", diziam todos em coro enquanto saboreavam, Mike, o co-piloto, e o engenheiro Bobby, o palhaço do grupo. Nas traseiras, ao lado, as mesas dos outros estavam espalhadas, conversando e apreciando o grande buffet que se estendia de norte a sul e que a maioria dos chefes tinha preparado horas antes. Os fuzileiros estavam a divertir-se com os exercícios de manobras em algumas zonas do complexo, e os engenheiros técnicos do satélite tinham acabado de se alimentar e estavam claramente a marchar para os seus aposentos para descansar.

-Gostava que pudéssemos passar mais tempo a desfrutar desta maravilha", comentou Jeffrey, olhando levemente para Emily, que claramente gostava dele.

-Claro, quem não gostaria de estar num lugar como este para sempre? De facto, há quanto tempo vínhamos para aqui, 8 ou 9 meses?

-Vim há sete meses, patrão", disse Bobby, "mas há mais de trinta meses que não vou à 14ª e devo confessar que não gosto nada disto.

-Claramente, todos nós conhecemos o Planeta 14, excepto a Linna, que acabou de se juntar ao grupo", disse Luke enquanto bebia cerveja e saboreava um pêssego.

Bem, mesmo que este mundo seja melhor para nós, é muito difícil trabalhar lá em baixo", disse Emily, "Lembro-me que quando tentei fazer parte da equipa, puseram-me lá em baixo durante um mês e, caramba, é um inferno estar a reparar motores a temperaturas em que vomitei muitas vezes... Não sei como é que os trabalhadores aguentam aquelas condições.

-Pelo menos temos sorte", disse Jeffrey, "Quero dizer, somos pagos como estrelas de rock, mesmo que seja um trabalho sujo e perigoso....

Todos acenaram com a cabeça em sinal de aprovação, - depois a irreverente Sandy, a assistente médica de Alexandra, gritou ao longe. -Sim, Capitão, mas a maldição diz-nos respeito a todos.

-O que é que quer dizer? -respondeu ele.

-Ela é uma mensa.

Cala-te, seu palerma", disse ele a Bobby Sandy.

- Ei, senhora do gelo! -Mike sussurrou ao lado do comandante num tom quase imperceptível.

-Bem, toda a gente na nossa equipa, excepto a minha chefe Alexandra, está preocupada com a solteirice, como está; vamos acabar no asilo sem conhecer o amor," disse ele, e depois todos se puseram a rir em diferentes mesas, e imediatamente, "Saúde então aos solteiros," disse Bobby.

-Para dizer a verdade, Bobby, nunca soubemos que tivesses uma namorada ou um namorado", brincou Sandy.

-Que idiota que és...

Vá lá! Parem de discutir", disse Alexandra do outro lado da mesa, claramente a divertir-se naquela noite, naquele mundo imerso na constelação de Orion.

-Tive saudades deste jantar. Há quanto tempo é que não o fazemos, não é Jeffrey? - tinha dito Emily.

-Com tanto trabalho a andar para trás e para a frente, foi difícil, e olha, pensei que não teríamos tempo, e uau, estamos a desfrutar de uma bela noite....

-O senhor está sempre a falar a sério", disse Bobby.

-Deixa lá, Bobby, ele é maduro, não é como os outros", disse Emily, rindo um pouco e contagiando os outros.

É melhor despacharem-se, vão ficar sem sobremesas", disse Mike, olhando para sul, onde a maioria das pessoas nas mesas das traseiras estava prestes a servir-se das sobremesas que estavam espalhadas na mesa do buffet em banho-maria, onde havia dezenas de pratos....

Depois do jantar, a maioria foi para os seus respectivos quartos, deixando apenas o Comandante Jeffrey a bebericar um copo de vinho enquanto olhava para o horizonte do planeta 13, que parecia estar banhado pela sua estrela abraçadora.

-Continuas a ser um amigo", disse a bela Emily ao atravessar uma das estreitas portas de metal que davam para a grande sala de jantar.

-Vejo que também não adormeceste", respondeu ele, virando a cabeça.

-Não conseguia dormir, por isso vim ver as estrelas daqui, porque acho que são lindas.

-E os outros? Suponho que estão a dormir?

-Acho que são nove da noite aqui, por isso devem estar a ver um filme", respondeu ele. Jeffrey sentia-se desconfortável com a chegada de Emily, porque era um homem de poucas palavras que, apesar de a amar, não achava fácil abrir-se sobre os seus sentimentos, especialmente nesta situação em que os seus sentimentos por ela podiam vir à tona e porque não saberia como reagir se ela se abrisse demasiado, uma vez que era bastante aberta nas suas insinuações.

-Às vezes gostava de ser como aquelas estrelas, Capitão", comentou, dando um ligeiro sorriso, quase imperceptível, perante a alegoria que se avizinhava.

-Mmm... Não sei como responder a isso, mas porquê?

-Porque, apesar de envelhecerem, o seu tempo de vida é de milhares de milhões de anos; e nós... bem, ouviram o que a Sandy disse sobre...?

-Claro que sim, como é que eu me podia esquecer disso?", respondeu ela, sorrindo envergonhada, porque era desconfortável ser co-conspiradora na nomeação dos rapazes sem amor da Babilónia. Ficaram parados na borda da área de observação envidraçada a falar de trivialidades durante algum tempo, até que Emily tentou dizer algo que sentia:

-Sabes, Jeffrey, já passaram cinco anos desde que te conheci...

- Ei, o que é que se passa aqui, malandros? - interrompeu Bobby, subitamente vestido de pijama, enquanto se dirigia aos frigoríficos do lado esquerdo e tirava dois refrigerantes... - E vocês, o que é que vos deu? - disse ele hesitantemente num tom zombeteiro enquanto saía apressadamente da sala de jantar, Jeffrey não disse nada, apenas fez um olhar de: "oh obrigado, amigo, fico a dever-te uma", e depois tentou não dizer nada e Emily disse "está na hora de eu ir dormir", e para sua sorte foi exactamente isso que aconteceu.

-Bem, tenho de me retirar por esta noite, espero que faças o mesmo meu amigo, eh?

-Claro", disse ele, "vou descansar num instante, pois amanhã temos uma viagem cansativa.

- Boa noite.

-Boa noite...", respondeu ele enquanto engolia como se dissesse: "Meu Deus, ela queria que eu dissesse algo como "gosto de ti", mas o que é que eu lhe podia dizer?

Horas antes do jantar, Mark Brown, de trinta e dois anos, tenente-coronel no comando dos fuzileiros, tinha-se apresentado à equipa de Jeffrey, dando-lhes as orientações a seguir quando descessem ao planeta 14. Ele era um dos melhores do esquadrão e tinha uma vasta experiência em inúmeras missões. Na sua opinião pessoal, cheirava-lhe a intrusão de um bando de piratas chineses que roubavam material para o vender no mercado negro dos já referidos cinco planetas habitáveis a um mês-luz a norte de Plutão.

Muito cedo pela manhã, antes de uma reunião protocolar, o capitão Jeffrey e o tenente-coronel Mark fizeram algumas recomendações e partiram a toda a velocidade em direcção ao planeta mineiro 14, para descobrirem ao certo o que raio tinha acontecido ao centro de controlo mineiro e aos responsáveis pela estação espacial em órbita do planeta, que não respondiam há mais de 4 dias e a contar. Obviamente, não podiam sequer imaginar a estranha conspiração que pairava sobre as cabeças do proprietário da empresa e de Macmann, mas estavam determinados a descobrir o que se estava a passar.

-Lá vamos nós outra vez, rapazes", comentou o líder enquanto seguiam a alta velocidade a rota acordada, passando o aglomerado de asteróides e entrando no espaço profundo. Na sua mente, o seu filho, apesar de não o ter podido ver no Verão passado devido ao trabalho, estava ansioso por regressar da missão e tirar umas merecidas férias, de que ele realmente precisava depois do Verão passado, quando não as tinha podido tirar.

-Pode dizer-me, computador central, à velocidade estimada a que vamos, quando chegaremos ao planeta 14 Tyu44? -disse Mike do lado direito de Jeffrey.

Computador central a responder: ao ritmo a que estamos a ir, chegaremos à fronteira do sistema solar do planeta 14 dentro de 23 horas.

-Isso é muito, acelere a fundo os cinco motores", ordenou.

-Pode ser perigoso, Mike", disse o capitão.

-Afirmativo, mas não te preocupes. O computador mantém esta velocidade durante pelo menos três horas e depois volta à velocidade anterior.

-Estou a ver que estou apenas a acompanhar a viagem", disse o capitão, sorrindo no meio dos comandos. Para dizer a verdade, Mike já era um aluno experiente dele, depois de ter começado como co-piloto quando tinha a idade de Linna.

Bem, já que superaste o teu mestre, vou verificar algumas leituras lá atrás", disse ele enquanto se levantava. Linna olhou-o de lado e não disse nada. Por dentro, sabia que era apenas uma criança e que quem tinha os olhos a brilhar era a engenheira loira Emily, e isso fazia-lhe ferver o sangue e, embora não dissesse nada, no fundo amaldiçoava-a e odiava-a ao ponto de não gostar dela. Dizia-se que era mais bonita do que ela e mais nova, mas por mais insinuações que fizesse, sabia que, enquanto a engenheira estivesse por perto, seria sempre a segunda com hipóteses.

-Pensas que não te vi, Linna?

- De que estás a falar?", disse ela surpreendida, olhando para ele por um momento como se dissesse: "Não sou suficientemente reservada para que os outros reparem, porra! -Tu não te importas com isso, Mike.

-Oh, desculpe, menina, estou só a tentar fazer conversa fiada, não leve a mal.

- Bem, não gosto da tua conversa", respondeu ela.

-Sinto muito. -Mike sussurrou embaraçado. E assim foi durante as horas seguintes, depois de o capitão ter regressado e retomado o controlo. Do lado da tripulação, os fuzileiros estavam nos seus lugares, muito disciplinados, a ponto de não dizerem uma palavra. Os engenheiros na retaguarda verificavam os dados de todo o sistema e os médicos da secção médica passavam algumas escotilhas à frente da tripulação. Claramente, era uma típica viagem de rotina. Estavam a meio caminho e ainda não se tinham aproximado perigosamente da zona de asteróides DartX, onde ninguém sabia, excepto os chefes, mas era nessa zona remota que ambas as naves tinham desaparecido há 12 meses.

-Capitão, capitão", gritaram por volta das duas da tarde, segundo o seu horário interno, "o que é que se passa? - responderam todos em coro na cabina de pilotagem: "Meu Deus, senhor! -O que é que se passa Emily? -Está a acontecer alguma coisa aos motores, não sei o que se passa.

-O quê? Deus nos ajude, senhor, olha! -exclamou Linna, apontando para o quadro principal. -Alguma coisa detectou a inteligência artificial.

-O computador dos motores 3 e 5 está a ficar maluco", gritou Luke, o outro engenheiro assistente.

-Dê-lhe força total, algo está a causar isto, onde estamos? -perguntou o comandante.

-Latitude três a sair da zona X do asteróide - senhor - alguma coisa está a arrastar-nos e não é uma tempestade, alguma coisa..." gritavam as vozes tumultuosas na parte de trás dos engenheiros.

-Ele não está a responder, senhor", gritou Linna, um pouco desanimada, de lado.

-Emily, liga os motores turbo, temos de sair do que nos está a arrastar", gritou Jeffrey desesperadamente pelo intercomunicador, sem ligar os altifalantes para não alarmar a tripulação. Por esta altura já ninguém sabia o que raio era que os estava a arrastar para fora do círculo de segurança que teoricamente existia, por onde as naves passavam e que consistia numa linha imaginária de pelo menos 10 km, mas algo os estava a arrastar rapidamente e os motores desligavam-se intermitentemente. Havia ordens de Jeffrey a circular entre os engenheiros e acções que não estavam a funcionar.

-O que é que se passa? O quadro Mr. Look! está outra vez a fechar", gritou Mike aterrorizado, que era uma pilha de nervos desde que se conhece.

Jeffrey levantou-se de imediato cambaleando na direcção imediata para verificar onde se encontravam os computadores centrais a poucos metros da secção seguinte, tão rapidamente devido ao perigo que corria gritou para a tripulação por precaução - estamos a ser arrastados por uma força invisível ou por algo que não sabemos o quê, mas os motores estão a falhar, vamos tentar recuperar o controlo. -Depois de dizer isto, correu rapidamente para o cockpit, dando algumas ordens que acabaram por se revelar inúteis, porque a nave continuava a andar à deriva, como se uma força invisível os puxasse a uma velocidade abismal e os tirasse do círculo de segurança.

-Deus nos ajude", vociferou um Mike aterrorizado enquanto carregava numa série de botões sem sucesso relativo.

-Tem alguma ideia do que é isto, senhor? - perguntou Linna no meio do caos.

-Não, mas não é uma tempestade solar porque os radares autónomos não indicam nada de anormal, por isso vamos jogar a última carta", acrescentou.

-O que é que quer dizer?

-Se o que vou fazer não resultar, não sei onde pararemos porque vamos a uma velocidade absurda sem qualquer controlo e, se continuarmos assim, podemos embater num meteorito e ..... -disse ele sem terminar a frase e depois deu imediatamente a ordem a Emily. -Vamos descolar do módulo 4, vamos descolar nele e vamos embora. Antes que ela acabasse de dizer isso, um abalo brutal desestabilizou-os e fê-los cair no chão, depois desse abalo brutal todo o sistema da Babilónia se desligou e o terror começou para todos.

Deus nos salve", disse Jeffrey, "nem os intercomunicadores funcionam do outro lado", ouviu-se Mike dizer, Linna não disse nada, apenas olhou para o capitão à espera que ele dissesse alguma coisa para os tirar dali. Já volto", disse ela, saindo apressadamente da escotilha e dirigindo-se para as traseiras, onde se encontravam Emily e os seus engenheiros, e era nas traseiras que se encontravam dois pequenos módulos capazes de os tirar dali... mas as más notícias não paravam, a meio caminho dos fuzileiros Emily vinha ao seu encontro com a terrível notícia de que a energia central dos módulos estava desligada, como se algo estivesse a interferir com o seu funcionamento, algo inexplicavelmente desconhecido, uma vez que a energia do módulo era externa à Babylon. E por mais desesperado que Jeffrey se sentisse, não podia fazer nada, porque estava para além da sua compreensão.

Nenhum dos tripulantes tinha alguma vez passado por algo desta magnitude. À medida que eram arrastados a uma velocidade assustadora, foram-se formulando teorias e soluções. Uma delas era a de que tinham caído numa zona gravitacional e isso era terrível no início, mas, de cabeça, não havia nenhum fenómeno na física que pudesse explicar uma força estranha a puxar subitamente uma nave para dentro e a desligar os seus motores e todos os seus sistemas eléctricos alternativos. E assim passaram talvez no máximo sete horas a uma velocidade de mais de 100.000 km por hora, até que finalmente, numa zona desconhecida, a força parou gradualmente, mas a nave continuou sem rumo fixo.

Vá lá, liga-o! -Mike apertava repetidamente os botões para a esquerda e para a direita na esperança de que funcionasse, mas nada; a placa de controlo não dava sinais de voltar à vida. Jeffrey engoliu com força e, de repente, "Olhem para aquilo", exclamou para toda a sua equipa que, então, olhou da parte da frente do cockpit para o horizonte, onde se podia ver uma esfera escura, sinistra, semelhante a um tumor, onde era visível uma estrela moribunda que não aparecia no seu mapa, relegando-a para uma luz moribunda doentia mas ineficaz, onde a escuridão fúnebre envolvia aquele mundo da mesma forma.

-É arrepiante", murmuraram algumas vozes, nenhuma delas suficientemente elevada para se saber quem as estava a dizer.

- Fazes ideia de que tipo de mundo é este? -perguntou Sandy. Ninguém disse nada, apenas olharam espantados para a massa do tamanho da lua, mas numa forma escura, sombria e tumoral, improvável de abrigar vida biológica, mas ainda assim evidentemente aterrorizante à distância. A nave estava, sem dúvida, a aproximar-se perigosamente do alcance da sua gravidade que, se entrassem, os sugaria sem dúvida, e entrar num planeta desta forma, sem controlo da nave, era morte certa. Felizmente, os painéis de controlo começaram subitamente a acender-se de forma errática, pelo menos conseguiam controlar a nave até certo ponto, embora nesta altura os motores ainda não respondessem.

-Graças a Deus, pelo menos podemos controlar a nave. -Mike comentou depois disso. - Felizmente, poderemos fazer uma análise completa da central e verificar quais são os danos", disse Jeffrey, um pouco aliviado após o susto assustador que viveram durante horas. Ele então deu a ordem para a inteligência artificial começar.

Início da análise ...

-Estivemos umas cinco ou oito horas naquele pesadelo, pelo menos graças a Deus não chocámos com nada", disse Bobby, ligeiramente mais calmo, mesmo que isso não significasse nada.

Análise completa: todos os motores estão danificados, os danos são superficiais, mas é necessária uma reparação manual nos sistemas informáticos, para além disso não há nada que impeça a operação por agora", concluiu a inteligência artificial. Para alívio de todos, era pelo menos uma coisa boa.

-O Mike e a Linna ficam aqui e eu vou dar uma ajuda aos engenheiros", disse Jeffrey ao sair do cockpit em direcção à traseira.

Depois disso, os engenheiros Luke, Bobby e Emily vestiram os seus fatos de protecção e foram para o exterior da nave, para os gigantescos motores do lado da Babilónia, para tentar repará-los. Jeffrey, a partir do interior, apoiava-os, analisando os dados do computador na parte de trás e comunicando com eles a todo o momento, à medida que as coisas iam acontecendo. Pelo menos nesta altura, o sistema de comunicação interna da nave, graças às antenas de rádio externas da nave, estava a funcionar.

-Mayday alguém me consegue ouvir na ronda, satélites próximos Gian, Felder, pessoal da estação espacial do planeta 13 se receberem esta mensagem fomos arrastados, repito, arrastados para fora do círculo de segurança para o lado esquerdo, por favor, precisamos da vossa ajuda.

-Olha, olha! -Mike apontou para uma área específica do painel de controlo.

-O quê? - respondeu ele a Linna.

-A comunicação não funciona.

-Demónios, demónios," resmungou. -Esperemos que consigam arranjá-los, caso contrário....

Não te preocupes, eles fazem-no sempre. A engenheira Emily para mim é a melhor de toda a empresa Wadiom nunca deixa de arranjar, vais ver que em breve estará a funcionar e vamos sair daqui", disse tentando dar um pouco de ânimo à jovem Linna que ainda parecia muito nervosa.

-Sim, mas saímos do anel de segurança, estamos numa zona desconhecida.

-Eu sei, mas assim que os motores estiverem a trabalhar, contornamos a zona de onde viemos, vamos ter com aquele que nos arrastou", disse ele, seguro do que estava a dizer.

-Talvez, vamos rezar para que tudo corra bem....

-Sim", murmurou Mike, como se pensasse "quem me dera", enquanto olhava em redor para as poucas estrelas que eram visíveis neste estranho firmamento, muito estranho na sua experiência, com as suas cores vagas e muito diferente do universo que conhecia.

Traseira da Babilónia

-Acha que temos alguma hipótese?", perguntou Jeffrey sinceramente através do intercomunicador, sem especificar a quem.

-Sim, mas vamos demorar mais de dez horas a toda a velocidade", respondeu Emily, agitada pela velocidade a que estavam a fazer as coisas, mudando e verificando partes de todo o sistema informático ligado aos motores.

-Pena as sandes que eu queria comer na estação espacial 14", comentou Bobby, tentando parecer engraçado perante este panorama desolador, que, apesar de não haver problemas técnicos graves que teoricamente comprometessem a missão, estar numa zona perigosa e inexplorável não deixava de ser assustador.

-Não estou com disposição para piadas, Bobby", disse Luke enquanto verificava um das dezenas de computadores no motor.

-Olha, chefe! - disse Bobby, "todos os fusíveis estão queimados... isto vai demorar mais horas do que eu pensava. Porque é que não dizes ao chefe que os outros engenheiros que vão reparar as máquinas no planeta deviam dar-nos uma ajuda, senão não acabávamos depressa, são coisas básicas de engenharia, mas muito trabalhosas, é óbvio que eles sabem o que fazem", sugeriu ele, ela assentiu.

Imediatamente a seguir a estas palavras, os engenheiros da empresa que se dedica exclusivamente à reparação de satélites e máquinas técnicas saíram da nave para ajudar a colocar dezenas de fusíveis e transístores essenciais para o funcionamento óptimo da nave espacial. Depois de mais de oito horas sem parar, decidiram fazer uma pausa.

-Achas que podemos sair daqui rapidamente? -perguntou vagamente o capitão horas mais tarde.

-Devemos fazê-lo. Mas ainda quero testá-los. Quero tudo montado", disse a engenheira Emily enquanto se preparava para provar a comida. Na sala de jantar estavam apenas Jeffrey, Bobby, Luke e ela.

-Só o motor dois é que está mais danificado. Vamos ter de substituir algumas peças, mas no máximo vamos dormir uma sesta e em três horas deve estar tudo pronto", disse Emily, enquanto os seus colegas acenavam com a cabeça em sinal de concordância.

-O que é que acha que foi aquilo, Capitão? perguntou Mike enquanto mastigava um pãozinho, esperando pelo menos uma resposta que diminuísse o seu medo profundo, que ele estava relutante em mostrar.

-A estrada de segurança, se assim se pode chamar, tem no máximo 10 quilómetros, onde há alguns satélites pequenos, mas nunca... nunca passámos dos cinco quilómetros e, nesse limite, alguma coisa nos puxou, não sei. A minha opinião pessoal é que, tanto quanto sei, não há nada na física que me tenha puxado para aquele lado e vos tenha deixado intactos. Pelo menos isso aconteceu-nos graças ao céu, quer dizer, a gravidade é uniforme em todo o cosmos, a não ser que se trate de um buraco negro, mas nesse caso não o teríamos contado.

Concordo contigo, Jeffrey, mas o que foi aquilo? Um fenómeno novo que ainda não foi descoberto", disse o engenheiro-chefe.

-A empresa faz viagens a muitas zonas remotas há mais de duas décadas, pelo menos, e isto nunca aconteceu antes, pois não? -Apenas dois navios de cruzeiro se perderam misteriosamente em duas décadas, e os outros ataques foram efectuados por piratas que, ultimamente, têm pensado duas vezes em atacar devido às baixas que sofreram.

-Concordo contigo, Luke, mas não faz sentido. O Nostradamus e o Babel devem ter desaparecido de acordo com o que sabes sobre o planeta 5, certo?

-Ujum", acenou com a cabeça.

Pergunto-me se foi a mesma coisa que os puxou, e se não tiveram o mesmo destino que nós," insinuou sem terminar a frase, o que Bobby fez. -E eles chocaram contra alguma coisa?

-Pode ser, meu amigo", respondeu o comandante. -Mas é só um palpite, não podemos ter certeza. Lembrem-se que eles também tinham uma equipa capaz de reparar qualquer coisa que a nave tivesse, a não ser que tivessem...

A minha pergunta agora é: quando os motores estiverem prontos, conseguiremos sair desta zona? Para dizer a verdade, não se conseguem ver as estrelas desse lado", disse de repente, algo de que a maioria dos engenheiros não se tinha apercebido até então, e eles responderam com um longo "quê", depois dirigiram-se imediatamente para as janelas da esquerda e, de facto, no lado para onde foram arrastados não havia vestígios das estrelas que, em teoria, deveriam ser vistas desse lado: Betelgeuse, Rigel e Manor. Mas apenas se percebia um negrume insondável, como se alguém tivesse erguido uma cortina de milhares de milhões de anos-luz que impedisse a visão das estrelas e do cosmos naquela direcção. Só do lado norte-sudeste se viam estrelas estranhíssimas, mas do lado oeste nada... Toda a gente estava aterrorizada como se dissesse: "Santo Deus, isto é um pesadelo...".

Meu Deus", exclamou Emily aterrorizada, os outros dois não disseram nada e limitaram-se a olhar de boca aberta e de olhos arregalados.

-Reparei nisso há umas horas, acho que ninguém reparou, talvez por causa da situação em que estamos, mas não sei do que se trata... talvez haja demasiada gravidade naquela zona", comentou o dirigente.

-Nunca vi nada assim antes", disse Bobby, desanimado.

-Bem, vou para a cabana por agora. Não entrem em pânico, essa é a menor das nossas preocupações. Durmam uma sesta e nós voltamos ao trabalho, onde quer que estejamos temos de sair o mais depressa possível", decretou e depois saiu pela escotilha para a área de controlo a cerca de cinquenta e cinco metros de distância entre escotilhas e pequenas escadas.

Cockpit

-Alguma novidade, malta? -perguntou Jeffrey ao entrar.

-Não muito," respondeu Mike e depois, "Ah! Agora que me lembro, quando ele saiu, o sinal apareceu durante alguns segundos, ou pelo menos foi o que o computador disse, mas depois de a Linna ter tentado fazer uma chamada de socorro, o sinal voltou a apagar-se, não sei....

-Então só temos comunicação interna, certo?

-UJum", murmurou a rapariga do lado esquerdo da janela.

-Bem, então vamos esperar... Estou a ver que já é um pouco tarde. Sete horas sem controlo e mais oito a trabalhar, vocês já devem estar descansados, eu fico a ver se há alguma coisa e depois vou descansar", ordenou. -OK", disseram os dois e saíram para os seus quartos nas traseiras.

Nessa altura, tudo era incerteza, ninguém sabia ao certo o que raio tinha acontecido. Jeffrey tinha mil perguntas e nenhuma resposta. O que era aquela escuridão insondável do lado esquerdo que o impedia de ver as estrelas ou o aglomerado de galáxias que era suposto ver? Não se conseguia ver nada, parecia apenas uma janela fechada na escuridão. Outra pergunta: em que região desconhecida do cosmos se encontravam, porque, apesar de ser o espaço profundo, as estrelas que cintilavam a milhares de anos-luz de distância pareciam diferentes, em cor e forma, do universo que ele conhecia. Isso não lhe agradava nada, porque, para dizer a verdade, não fazia grande diferença no céu a sete ou oito horas de distância do sítio para onde, teoricamente, tinham sido arrastados do círculo de segurança. E as estrelas que se viam do outro lado não pareciam assim àquela distância, que para o cosmos não era nada.

Passadas algumas horas e depois de todos os engenheiros e Jeffrey terem descansado, todos regressaram aos seus postos. Nesta altura, estavam mais de vinte horas atrasados. Os militares olhavam uns para os outros em desespero dentro da câmara da tripulação, sem se aperceberem de toda a questão da escuridão do lado esquerdo. Os engenheiros de Wadiom continuavam a ajudar a equipa de Jeffrey a todo o vapor. No cockpit estavam os dois co-pilotos para o caso de o sinal ser restabelecido, enviando um pedido de ajuda a toda a volta.

Capítulo 6

-Não vai demorar muito tempo para resolverem tudo", disse Mike, desta vez em desespero, algumas horas mais tarde.

-Não te preocupes, vamos sair daqui em breve", respondeu Linna.

Por esta altura, já tinham perdido o interesse pelo planeta irregular à sua frente, onde a estrela do outro lado, estranhamente, não aparecia em nenhum dos lados. Desse lado, teoricamente, deveria ser dia. Apesar de parecer assustador e de uma lua do tamanho de um enorme asteróide orbitar ao longe. Estavam habituados a ver tantos corpos celestes que, apesar de ser o mais estranho que alguma vez tinham visto, rapidamente perderam o interesse e se concentraram noutras coisas mais importantes.

Algumas horas mais tarde, imerso em conversa fiada na área dos computadores por trás da cabina de controlo, o sinal de comunicação começou a ecoar descontroladamente com uma mensagem curta mas perturbadora: "Mayday help... Mayday help".

Imediatamente, os dois co-pilotos apressaram-se a responder, mas não conseguiram, e apenas responderam através do sistema de comunicação que parecia dar sinais de vida: "Daqui Babylon, estamos presos, conseguem ouvir-me, quem são vocês? - Mike gritou em resposta, sem conseguir voltar atrás, um pouco desanimado e abalado pela corrida de dez metros que fez desde a área dos computadores até à cabina de controlo.

-O que é que foi isto? -exclamou Linna com entusiasmo.

-Um pedido de ajuda.

- Mas de onde?

-Não faço a mínima ideia", murmurou Mike, olhando em redor como se tentasse espreitar para o espaço profundo e esperasse ver aqueles que lhe pediam ajuda.

-Computador central, pode fazer a análise de onde veio esse sinal e pode repetir a gravação", ordenou o co-piloto num tom lacónico.

Análise concluída: o sinal provém da nave espacial Nostradamus, nome de série CJER654. Distância estimada de aproximadamente 15 mil km de um planeta desconhecido. Repito o sinal vem da Nostradamus CJER654 de origem desconhecida... A mensagem é a seguinte: "Mayday mayday mayday help, help".

Depois desta informação perturbadora e desconcertante, os dois engenheiros ficaram atónitos, perguntando-se como é que o Nostradamus tinha ido parar ali e ainda estava a pedir ajuda depois de mais de um ano de desaparecimento? Naquela zona desconhecida.

-Que raio foi aquilo? Ouviste o que eu ouvi, Linna?

-Sim", respondeu, abanando a cabeça,

-E... que mundo é esse? É óbvio que não está no sistema, certo?

- Ujum", acenou com a cabeça.

- Então deve ser aquele planeta que está à nossa frente", disse Mike, dando a entender que o sinal estava provavelmente a vir daquela massa escura.

-Não me digam que Nostradamus está lá em baixo e que o...

- Bem, foi isso que se ouviu na mensagem. Mas olhando à nossa volta duvido que haja outro corpo celeste, e excluo que estejam no satélite que orbita este planeta porque não teriam sobrevivido se tivessem colidido com ele. - Bem, não percamos tempo, vou dizer ao capitão", disse Mike, saindo imediatamente com passos enérgicos em direcção à parte de trás da Babilónia, talvez a 145 metros do cockpit. Linna ficou estupefacta e olhou com desdém para o horizonte, onde podia ver a face negra da esfera tumoral que era um planeta a orbitar uma estrela moribunda de luz fraca, sombria e doentia.

Senhor", ouviu-se Mike gritar agitadamente ao longe, desde a entrada da ampla cauda da nave onde se distribuíam centenas de sensores e parte do computador dos motores e onde o capitão se encontrava em frente a alguns quadros digitais - virou-se imediatamente para o seu lado esquerdo, algo surpreendido com o grito invulgar do co-piloto.

-O que é que se passa, meu? Porque é que estás tão surpreendido? O que é que se passa? perguntou ele quando o co-piloto se sentou à sua frente, tentando recuperar o fôlego após a exaustiva corrida.

-Eles são... não vai acreditar, senhor, mas... - disse o seu aluno mais avançado sem terminar o que queria dizer.

-Vamos, recuperem o fôlego, o que é que se passa? Não me digam que a comunicação voltou, pois não?

-Não, não senhor, mas há uma coisa", respondeu Mike sem ordenar os seus pensamentos, uma acção que deixou o capitão surpreendido, pois estava a tremer de frio, talvez por causa de um arranque, e isso era anormal para ele, pois tinha nervos de aço.

O que queres dizer com isso? Explica-te bem. -ordenou ele.

-Sim, senhor... A Linna e eu estávamos na área do computador central e... de repente o sinal começou a apitar ruidosamente e emitiu um...

- Vamos lá, falar sobre o que aconteceu...?

-Socorro, socorro, socorro, socorro, socorro. Está gravado nos arquivos, se o quiserem ouvir, e ficarão surpreendidos com quem o enviou. Quando Frederick ouviu aquilo, ficou consternado ao ponto de parar o que estava a fazer, mas não sem antes avisar o engenheiro-chefe e seguir os passos de Mike, que até àquele momento não lhe tinha dito quem tinha enviado o sinal activado por voz, e ele teria de o ouvir e acreditar nele. Passam pela zona onde se encontram os militares, claramente desesperados, mas só podem esperar que os comandos dos motores sejam restabelecidos. Ao chegar ao cockpit, ordenou de imediato ao computador que mostrasse a gravação, mas ficou atónito ao ponto de ficar com a pele arrepiada.

-Oh, meu Deus! -Não posso acreditar, os que desapareceram há um ano, certo? - Mike acenou com a cabeça sem dizer nada. A consternação apoderou-se deles ao ponto de não dizerem nada durante alguns segundos...

-E como podem ver, o computador disse que o sinal foi emitido a pelo menos 15.000 km daqui... e como podem ver o único corpo celeste por perto é aquele planeta," disse Mike apontando para o tumor, "fora daqui não se consegue ver nenhum outro corpo celeste a não ser aquela estrela furiosa, mas ela está a pelo menos duas horas-luz de distância.

-Nesse planeta, mas não percebo como é que eles podem estar vivos ao fim de 12 meses, Mike? -Jeffrey comentou com espanto.

-Eu também acho, mas tu sabes que essa voz é a do Capitão Tomás....

Vamos tentar outra vez", disse Jeffrey, carregando em alguns botões de amplitude de sinal para enviar mensagens a tudo o que se encontrava nas imediações, infelizmente fizeram-no durante mais de 10 minutos, mas nenhum sinal foi recebido.

-Não é possível", pensou para si próprio, "durante quanto tempo é que vocês têm comida num rebocador, mais ou menos? -perguntou, virando-se para olhar para eles. Linna respondeu de imediato: "três meses, no máximo.

-Doze meses não é possível, mas se esse sinal chegou até nós é porque estão vivos, o que não consigo explicar é que o planeta que vês no horizonte não parece albergar vida, pelo menos a julgar pelo seu aspecto, mas nunca sabemos nestes mundos o que se pode encontrar. Não haverá outra alternativa senão enviar um pequeno robot esférico e informar-nos da atmosfera se é seguro entrar.

-Sem dúvida, senhor", disse Mike. Passada pouco mais de uma hora, Emily e o grupo tinham finalmente concluído com êxito a reparação dos motores. Imediatamente a seguir, o capitão contou à tripulação toda a história da perturbadora mensagem de socorro que provavelmente vinha do planeta à sua frente. Não houve grande debate, para além de algumas teorias que andavam para trás e para a frente, mas não passavam de suposições. Depois disso, a engenheira Emily e a sua equipa enviaram uma pequena sonda esférica ao planeta para investigar durante uma hora a composição e, se possível, tirar fotografias para análise posterior. Como o sinal de amplitude ainda não tinha sido restaurado, não haveria vídeo em directo, pelo que uma simples análise da atmosfera seria suficiente para tirar conclusões.

Capítulo 7

Depois da tremenda notícia, pelo menos os motores do teste de desempenho funcionaram a cem por cento, pelo que estaria em perfeitas condições para sair daquela zona quando assim o decidissem. Estavam apenas à espera que o pequeno robô esférico regressasse com os testes, o que veio a acontecer na devida altura.

Uma hora depois

-É espantoso, Jeffrey", disse Emily exhorta depois de ter analisado todos os dados do robô que tinha entrado na atmosfera, para espanto de toda a equipa, incluindo o tenente Mark.

-A atmosfera tem uma semelhança em termos de gases com a da Terra, obviamente dada a distância. Aparentemente o planeta é pobre em oxigénio, embora teoricamente seja respirável, não aparecem gases venenosos pelo menos por cm de espaço, pelo que teoricamente um ser humano poderia sobreviver. A pressão é semelhante ao nível do mar na Terra.

-É preciso dizer que os baixos níveis de oxigénio podem provocar tonturas e dores de cabeça recorrentes em pessoas não adaptadas", disse a Dra. Alexandra ao lado de Emily. - disse a Dra. Alexandra, ao lado de Emily.

-O que é que diz, capitão? -perguntou o tenente e depois aludiu: -Não me diga que quer descer?

-Estou a ouvir o áudio do tenente.

- Perder, mas descer a um mundo sem o explorar primeiro é muito arriscado. Lembro-vos que não estamos completos, poderia ser negligente fazer algo assim.

Não te esqueças que eu estou no comando", refutou Jeffrey. "Não te esqueças que és um de nós, e eu lembro-te que lá em baixo está o Nostradamus e o Babel... e se eles ainda estiverem vivos devem estar pelo menos 14 pessoas. Por isso, acho que vamos descer", disse o comandante, saindo da área do laboratório onde estavam todos no cockpit.

É de loucos", queixou-se Sandy num tom queixoso que até Jeffrey ouviu quando estava prestes a sair e parou abruptamente.

-Bem, a minha consciência diz-me que tenho de descer, não me sentiria bem se os deixasse aqui, qualquer pessoa na situação deles quereria ser salva, não é verdade?

- Mas podíamos sair daqui e voltar", propôs Bobby, apoiando claramente Sandy.

-Lamento, mas já cá estamos e demoraria muito tempo a regressar para os avisar.

muitos dias, e quem nos garante que eles estarão vivos nessa altura?

então. -Gritou, enquanto a equipa olhava para ele.

como se estivesse indeciso, e cheio de um estranho medo, só ao ver o

horizonte e detectar aquele planeta maléfico que emitia algo não natural.

muito bom do ponto de vista psicológico.

-Além disso, o navio já está arranjado, excepto a distância de comunicação, por isso vamos descer, resgatar quem estiver vivo e sair", disse à custa de todos os que não tinham outra alternativa senão obedecer à ordem do seu superior.

-Pode ser arriscado, mas o chefe é o senhor", disse Mark.

-Ainda é cedo, por isso dentro de uma hora estaremos a marchar nas duas cápsulas, preparem os vossos homens", ordenou.

Nessa altura, ninguém disse nada e limitaram-se a olhar uns para os outros com espanto. Queriam dizer alguma coisa, mas refutar aquela ordem por causa dos seus receios faria com que ficassem muito mal vistos, pois havia sempre a irmandade entre os cargueiros para se ajudarem mutuamente no que quer que acontecesse.

- Estou contigo", disse Mike numa voz de apoio na altura.

que se ouviram alguns murmúrios de apoio à ordem. Acto

depois saiu, fechando a escotilha atrás de si, e depois saiu

Mike.

Dois quartos de hora depois

-Linna, vais ficar com os engenheiros das máquinas", disse o capitão no cockpit.

-Mas capitão, eu quero ir consigo", disse ela com determinação. "Vamos, obedece à ordem", respondeu o comandante, "os outros em toda a nave vão preparar as cápsulas, partiremos dentro de alguns minutos", ordenou ele.

Linna estava muito aborrecida com isto, embora o medo se lhe visse nos poros, queria acompanhar aquele que amava há anos na sua solidão, mas não, a Sra. Emily, a engenheira favorita, preferia ir com ela. Mas o que é que isso interessa", disse para si própria de repente.

Os minutos passaram e tudo estava pronto para que as duas cápsulas descessem até ao planeta cavalo negro, como tinha sido chamado inicialmente. Cada cápsula, do tamanho de um pequeno camião, começou a descer lentamente em direcção ao planeta. Numa delas estavam os 15 fuzileiros pilotados por Mike e na outra estava Jeffrey e o resto da sua equipa.

Doze mil quilómetros separavam a nave Babylon da superfície do planeta. Na melhor das hipóteses, estaria a entrar na superfície em 20 minutos e a contar...

-Soldados", gritou o Tenente Mark na retaguarda com a sua espingarda de assalto m16 ao lado:

-Sabem qual é a estratégia a seguir quando entram num novo planeta: máscaras concentradoras de oxigénio. Sabemos que a gravidade deste mundo é semelhante à da Terra, por isso não vamos precisar de fatos especiais, mas mantenham as máscaras concentradoras de oxigénio, por precaução. Ninguém fica a mais de três metros de distância uns dos outros, está claro? Perguntou o protocolo e, de seguida, ouviu-se um coro ensurdecedor: "sim senhor, sim senhor...".

-Vamos entrar dentro de cinco minutos, apertem os cintos", disse Mike, que estava a pilotar a pequena nave e a entrar no alcance do planeta escuro... dentro da outra cápsula que seguia logo atrás, estavam a ser discutidas coisas semelhantes, bem como protocolos de segurança a seguir.

Meu Deus, está tão negro", disse alguém atrás de Jeffrey, "luzes na potência máxima, mantenha-nos informados, computador", ordenou o capitão.

Computador central: começando a entrar na atmosfera de um planeta desconhecido... pressão atmosférica na faixa normal", ouviu-se o computador dizer enquanto o quadro oscilava devido ao calor frenético que começava a aumentar e à energia necessária para fazer tudo isso...

-Mike, estamos a entrar, está tudo bem aí?

-Copiado, estamos a ir bem até onde podemos ir, sabe como se move furioso no cockpit", relatou.

-Lamentamos que não seja o único. Vemo-nos lá em baixo, se conseguirmos aguentar a escuridão.

-Há uma densidade de nuvens negras devido à fraca luminosidade. Esperemos que se veja algo no fundo!

caso contrário, teremos de ir para o outro lado, onde parece que o

luz solar, mas demoraria mais tempo a chegar lá capitão.

-Claro! Espero que vejamos alguma coisa, para lá e para cá.

Após alguns minutos frenéticos de entrada no planeta, foi finalmente

tinha ficado no sopé de uma montanha rochosa sinistra e

gigantesco. Onde misteriosamente podia ser visto no seu melhor.

uma cadeia montanhosa de picos e encostas nuas que não têm

não tinha fim. Onde as cenas cinzentas do horizonte animavam a

terror primitivo do desconhecido. Sem dúvida que ninguém queria

a partir dos módulos e explorar toda essa cadeia, mas a partir de

De alguma forma, tinham de o fazer, porque por mais que lançassem

mensagens de contacto repetidas vezes, sem qualquer resposta.

-Muita gente, que mundo estranho é este, de fora não o consigo ver.

A luz não entra, mas, embora não seja muito brilhante, não é muito brilhante.

Podemos ver as nossas mãos, embora haja uma certa

A tristeza está por todo o lado", comenta Emily,

- De facto, é muito estranho.

montanha à nossa frente, se pudéssemos pôr o Evereste lá em cima

caberiam pelo menos três vezes", comentou Luke, estupefacto, com

a vista do topo dessa colossal obra de arte.

natureza. Os restantes acenaram com a cabeça enquanto olhavam para fora do cápsula para os horizontes insondáveis onde um número infinito de picos gigantescos apareciam e desapareciam.

-Pensas que haverá vida aqui? -perguntou ele, hesitante, de um segundo para outro Bobby.

-Não gostaria de saber a resposta", respondeu.

Sandy com um tom ressentido porque pensava que era um reverendo estupidez do capitão que desce a um planeta sem reconhecimento pelas forças governamentais para atenuar os perigos.

Após alguns minutos à frente deles, Mike aterrou com os militares.

-Pelo menos esta parte está aberta", comunicou ele a Mike, Jeffrey.

-É isso mesmo, companheiro, podemos explorar um pouco e voltar, o que achas? -Acho que isso é perfeito. Vamos deixar as naves atrás daqueles montinhos à nossa frente. Dito isto, fizeram o que tinham a fazer e, depois, com o medo no coração, avançaram para explorar um enorme desfiladeiro ladeado por montanhas gigantescas onde as sombras brincavam de ser monstros que podiam sair a qualquer momento e devorá-los, esse medo primitivo que vem à superfície em situações extremas. O desfiladeiro do desfiladeiro começava a cerca de setenta metros à direita do local onde aterraram.

-Cinco grupos de três para os lados, um para a frente e um para a retaguarda", ordenara o tenente Mark aos seus subordinados, que cumpriram a ordem ao iniciarem a exploração do gigantesco canal que se abria através de um desfiladeiro de um cume colossal, onde o solo estava impregnado de cascalho de cor escura e de rochas desgastadas pelo tempo.

Depois de terem percorrido mais de dois quilómetros e não terem visto absolutamente nada, o Jeffrey decidiu voltar para trás, mas quando estavam prestes a fazê-lo:

-Meu Deus, olha! -gritou um dos fuzileiros para o lado, apontando para o que parecia ser um caminho antigo, que já tinha sido percorrido há inúmeras eras, mas que apesar do tempo estava imaculado na rocha e conduzia a um penhasco íngreme.

Um caminho de pedra... que conduz a uma gruta aninhada na montanha", disse Mark, e os outros olharam-no com espanto. À frente deles, a não mais de 300 metros de distância, estava a entrada de uma gruta com pelo menos três metros de largura por três metros de altura.

-Não me digam que vão entrar", disse um dos médicos, "o chefe é muito teimoso", sussurrou Bobby, com os cabelos em pé. A maior parte da equipa de Jeffrey não queria ir para o lugar sinistro que estava à vista. Os fuzileiros pareciam expectantes, mas, em teoria, estavam habituados ao perigo.

-Soldados, avancem", ordenou Mark a metade do seu grupo. Os soldados avançaram furtiva e cuidadosamente, olhando em volta da montanha pedregosa, enquanto subiam o caminho irregular através da escuridão cheia de sombras; em direcção à paisagem e à cena lúgubre e perturbadoramente maléfica.

- Bobby, há quanto tempo é que achas que foi? Sabes alguma coisa de arqueologia - comentou Emily. -Bem... mmm... calculando o solo rochoso para onde vamos, não me parece que possam ser éons, milhões de anos, se é que me entendem.

-De que é que estás a falar? Milhões de anos, uau!

- Sim, eu sei, a rocha já está erodida e é uma rocha granítica. E são precisos milhões de anos para que isso aconteça. Quem quer que tenha sido a civilização que a construiu, pelo que vejo, desapareceu há muito tempo, senão tudo aqui estaria com sinais de vida", disse, levantando-se de novo, depois de apalpar algumas pedras no caminho esculpido.

- Que coisa, não achas? doutor", disse Luke. Mike veio atrás em pensamento, não podia acreditar que estavam a ir para aquela gruta, quem sabe que surpresas os esperavam. E temia não tanto por si próprio, mas porque ninguém sabia, mas amava uma rapariga de Cleveland e, se acontecesse um acidente, não a veria mais, era isso que o deixava imerso nos seus pensamentos. Depois desta viagem, despedir-se-ia e arranjaria outro emprego em terra, sem os perigos de fazer parte de um cargueiro de minério caro.

Depois de um quarto de hora de subida penosa, chegaram finalmente à entrada da antiga gruta, que não parecia dar sinal de vida, pelo contrário, parecia que ninguém lá tinha estado durante milhares de anos, a julgar pelo arenito e pela rocha desgastados da montanha e pelo arco da entrada.

Em formação militar, os soldados começaram a entrar depois de terem encontrado a entrada completamente vazia. Verificaram que se tratava de um longo túnel que conduzia a um caminho ramificado como se fosse uma bifurcação de cinco passagens estreitas com não mais de dois metros de largura cada uma e quatro metros de altura sobre rocha talhada. Toda a equipa ficou impressionada e perturbada, porque era a primeira vez que viam algo assim, algo de outra civilização. Embora nas últimas duas décadas Wadion e os governos americano e russo tivessem descoberto planetas viáveis para a vida, nunca tinham encontrado vida inteligente ou indícios de tal lugar, ou pelo menos vida altamente inteligente, a julgar pela construção que mal estavam a explorar e que se perdia numa escuridão insondável...

-Não me digas que vais, Jeffrey, é uma loucura", resmungou Sandy, a um passo da entrada, a mais relutante, por causa dessa decisão.

-Nunca descobrimos nada como isto antes. Sei que estamos aqui por causa de Nostradamus e de quem quer que esteja vivo, mas estando aqui, não acham que seria estúpido mandar-nos de volta? -O comandante estava extasiado com a descoberta, que estavam apenas a começar a explorar.

-Está louco, capitão", disse um dos médicos, um comentário que nunca tinha sido feito antes e que espantou toda a gente.

-Eu sou o responsável. Isto pode ser um marco para a humanidade", respondeu de novo, um pouco mais aborrecido com a falta de respeito.

- Isto é perigoso. Ir para um sítio escuro... nem pensar.

- Bem, fica aqui se quiseres", respondeu ele, "mas nós vamos, não demoramos muito, voltamos depressa.

Depois dessa discussão acalorada e fugaz, as luzes dos capacetes dos fuzileiros começaram a abrir caminho através da densa escuridão. De todos os caminhos, escolheram o do meio, o mais largo, que deduziram que os levaria ao sítio mais importante, fosse qual fosse o caminho.

Ele enlouqueceu", resmungou Sandy, e depois seguiu sem outra alternativa senão juntar-se ao outro médico e aos restantes. Sem dúvida, ninguém queria entrar naqueles caminhos esculpidos na rocha e que, aparentemente, tinham dezenas de éons quando foram criados. Após cerca de dez minutos numa escuridão perpétua e inescrutável, as luzes dos capacetes dos fuzileiros iluminaram algo que arrepiou os mais corajosos do grupo. No final do corredor principal do ramal que tinham tomado; algo os deteve no seu caminho. E era algo que nunca tinham imaginado nos seus sonhos mais loucos. Era uma câmara gigantesca, com mais de cinco metros de altura, escavada na rocha e talvez com o comprimento de meio campo de futebol, com alguns pilares enormes no centro e dezenas de estátuas despedaçadas no chão, tudo indicando que tinha sido uma espécie de palácio há milhões de anos.

Ninguém se atrevia a dizer nada, apenas as luzes dos soldados apontavam em todas as direcções e não paravam. Do lado esquerdo havia um longo caminho que indicava que continuava em frente, e do lado direito via-se o ramo de um caminho irmão dos que começavam metros atrás que continuava e se perdia virando na enorme parede de pedra onde as luzes chegavam.

Eu disse-vos, eu disse-vos", gritou o comandante bastante excitado, "havia vida inteligente neste planeta", gritou novamente enquanto os outros também sentiam uma excitação alienígena, mas excitação na mesma, e claro que queriam fazer parte dela de alguma forma.

-Não se esqueçam do que viemos buscar", refutou Sandy, demasiado nervosa, enquanto vislumbrava aquele lugar que parecia ter milhões de anos, algo incomensurável e difícil de acreditar. Sem dúvida que não tinha milhares de anos, mas pelo menos éons de anos devido à erosão da rocha e de alguns dos seus pormenores. À medida que avançavam, uma grande surpresa interrompeu-os de novo. Diante deles surgiu um misterioso trono de dimensões antropomórficas com mais de três metros de altura por dois de largura e adornado por estranhas pedras que brilhavam à luz e que não eram safiras nem nada de conhecido. Brilhando sobre o revestimento de pedra polida, podiam-se vislumbrar estranhos símbolos arcaicos e, nas paredes, símbolos misteriosos e diabólicos de criaturas malignas para deduzir quem os colocou ali.

-Vamos embora daqui, chefe", disse Bobby num tom intrigado, "não gosto disto, é tão sinistro. - Nós concordamos com ele", sussurraram as médicas em coro.

-Espera um pouco mais, deixa-me saber do que se trata", disse Jeffrey, o mais entusiasmado com a revelação. - Emily apoia-me", sussurrou Bobby.

-Estamos quase a partir, esperem!

Apoia-o sempre em tudo, parece gostar dele.

-Eu também não gosto disto, mas ele é o chefe e olha, não vai acontecer nada, ele só está a tirar fotografias, talvez o seu entusiasmo seja porque sempre foi fascinado por arqueologia.

Pouco a pouco, entraram cada vez mais fundo naquele edifício sem nome e de mistério inescrutável. Onde, a cada clarão de luz de uma lanterna, se viam objectos que aludiam a seres amorfos e antropóides com aparências maléficas saídas do pior pesadelo.

-Que símbolos e criaturas feias na parede. -disse um dos fuzileiros encarregados da exploração.

-Provavelmente eram os seus deuses primitivos ou algo do género", comentou Mike ao lado de Jeffrey.

-Bem, este templo ou palácio ou seja lá o que for, não parece nada feito por uma tribo primitiva, mas sim algo muito elaborado a julgar pela arquitectura misteriosa e incrível", disse Mark enquanto estava ao lado de um trono gigantesco que à primeira vista mostrava sinais de uma linguagem arcaica onde um misterioso ser antropóide lutava contra uma espécie de ser com cabeça de polvo de dimensões colossais.

-Além disso, olhem para este trono, quem quer que se tenha sentado aqui devia ser, no mínimo, um nefilim", apontou Luke em tom de brincadeira.

- Não digas disparates", refutou Sandy, apontando-lhe a lanterna à cara. Ela era visivelmente a mais nervosa do grupo, e não conseguia afastar-se de Alexandra, a sua chefe, que também não achava muito boa ideia ficar naquele lugar sombrio.

-Isto vale milhões, Capitão", disse um dos fuzileiros enquanto iluminava uma pedra preciosa que brilhava na parte de trás do trono.

-Não sei, mas é como uma safira, deve valer milhões... Bem, nem pensar, meus senhores, não podemos levar nada, só estamos aqui para explorar. -São interrompidos por Jeffrey que claramente queria continuar a explorar e não parar num simples objecto.

- Olhe para aqui, tenente", gritou de repente um dos fuzileiros, apontando para a luz por detrás de um pilar ao fundo do trono...

-Parece uma silhueta", disse outro soldado hesitante, espreitando através de uma pequena secção de grade de pedra que permitia vislumbrar o interior. -Caramba!", disse Mark, que chegou imediatamente. "Capitão, pode vir", disse o tenente com uma voz firme, tanto quanto ele conseguia ver. -Jeffrey caminhou apressadamente e os restantes esperaram do outro lado de dois pilares que bloqueavam a visão da cena a que assistiam.

-Não se consegue ver muito bem daqui, porque está obstruída por uma parede que caiu mesmo em frente à porta. -Mark disse: "Consegues ver alguma coisa? - perguntou a um fuzileiro que estava a tentar trepar por cima da parede gigantesca até uma pequena abertura no cimo da porta ainda bloqueada, mas suficiente para passar para o outro lado.

Depois de passar, com algum esforço, para o outro lado da parede, entrou numa sala pequena em relação à outra, onde se via uma estátua com pelo menos três metros de altura, sentada num estranho altar, de cor escura e que, tanto quanto se podia ver, tinha completamente pormenorizados todos os traços do rosto, de tal forma que, à luz das lâmpadas a tilintar, aparecia um rosto sem olhos e uma cabeça alongada, talvez até à zona das costas. O corpo tinha certas características de humanóide antropóide, mas com uma cauda enrolada no estômago e uma ponta de osso afiada... a boca, pelo que se via, tinha lábios retrácteis e uma fila de dentes como lâminas, totalmente horríveis, deformados e tortos, mas que, se fossem reais, fariam qualquer organismo cagar...

-Que coisa feia", murmurou um dos fuzileiros olhando para este lado, para a criatura representada naquela estátua antropóide de aspecto sinistro e diabólico.

É uma estátua, não há que ter medo... soldado, podes tirar-lhe uma fotografia antes de sairmos daqui", disse Jeffrey que mal conseguia distinguir a silhueta de um lado da esfinge sinistra dentro daquele recinto que parecia um altar. -Tudo bem", respondeu o soldado enquanto se aproximava da estátua ao fundo. Havia um certo medo no seu andar, mas ele estava determinado. -Algum caminho para o lado que se possa ver daquele lado - perguntou de novo o capitão.

-Não, senhor. Não há nada, é uma câmara fechada... há muitos objectos estranhos no chão, talvez seja um altar. - Muito bem, tirem algumas fotografias e vamos embora daqui", acrescentou o capitão. O soldado dirige-se para a estátua blasfema erguida ao fundo da porta bloqueada por uma parede desmoronada. Para se colocar diante da figura enigmática. Eram pelo menos cinco metros na escuridão total quando, num ponto cego, se perdeu da vista de todos e começou a tirar fotografias para trás e para a frente, a julgar pelos flashes de luz que iluminavam secções cintilantes do local. -Como vai isso, soldado? -Estou quase a acabar, agora vou levar a estátua. Quando estava prestes a fazê-lo, ouviu-se um grito de horror, que ecoou por todo o local, imediatamente - soldado, o que é? -gritou Marcos. Instantaneamente, todos ergueram as suas espingardas de assalto na direcção da sala. Não passaram mais de três segundos quando se ouviu outro grito ensanguentado vindo da mesma direcção, e depois veio outro atrás de outro, depois outro e outro, e finalmente um grito agonizante que dizia: "corre, vai-te embora...".

Depois de ouvir o grito aterrador da companheira, "Vamos sair daqui", Mark gritou a plenos pulmões enquanto todos corriam horrorizados em direcção à estrada principal que saía da zona. Sem dúvida que algo de aterrador e maléfico estava dentro daquela sala e não era nada de bom. Ouviu-se algo a começar a segui-los de perto. ....

Raios, eu disse-vos que havia alguma coisa lá em cima", resmungou um dos engenheiros enquanto se apressava pelo estreito corredor de pedra que conduzia à saída. Atrás deles, o tiroteio começou a irromper depois de algo ter começado a atingir os fuzileiros que estavam a fazer a retaguarda.

Algo está a atacar-nos, tenente", gritaram vozes atrás deles, "avancem, não fiquem a disparar, vamos", ordenou o tenente alguns metros à frente dos engenheiros.

Rapidamente, duas ou três cargas vieram por alguns segundos, mas outros gritos de terror ecoaram como se algo os estivesse a carregar para onde tinham estado minutos antes. Depois de um silêncio avassalador durante segundos, começaram a surgir sons invulgares e sinistros perto dos seus passos. O que quer que estivesse ali não tinha boas intenções.

Felizmente, em menos de três minutos tinham atravessado a passagem para a entrada da gruta e começaram a descer uma centena de metros de pedra. -Corram, não parem", disse o grupo de fuzileiros à porta da gruta e começou a abrir fogo para o caso de o que quer que os estivesse a perseguir não parar. Imediatamente após a equipa de Jeffrey ter terminado a descida, os fuzileiros certificaram-se de que nada os seguia e começaram a descer defensivamente até estarem no sopé da montanha do desfiladeiro e depois começaram a correr em direcção às cápsulas. Após cerca de vinte minutos de corrida exaustiva, chegaram finalmente ao sopé da montanha colossal onde tinham aterrado uma hora antes, mas para surpresa e espanto de todos, as naves tinham desaparecido. Isto, para a situação em que se encontravam, já era assustadoramente grave. E temiam o pior, que estivessem cercados.

-Não pode ser", gritaram alguns dos membros da equipa de Jeffrey. Os marinheiros olharam aterrorizados para a saída do desfiladeiro por onde tinham chegado minutos antes. Eles sabiam que o que quer que os tivesse atacado estaria lá fora atrás deles.

-Veja o que fez, Capitão, com a sua ânsia de glória", atirou-lhe Mark à cara, um pouco zangado com os homens que tinha perdido, "sei que é o responsável, mas já perdi cinco homens e restam dez, e sei que foi aquela coisa que nos atacou lá em cima, mas acho que não vai ficar assim, depois de termos profanado o seu templo....

Jeffrey não disse nada, apenas olhou para baixo, com o maxilar cerrado, enquanto olhares furtivos e furiosos o cobriam. - Bem, vamos parar de o culpar, não vamos ganhar nada com isso agora", disse Emily tentando acalmar os ânimos perante a situação desoladora, "algo levou as cápsulas e isso não é bom... algo inteligente está a perseguir-nos, porque se fossem bestas irracionais não teriam levado as naves.

-Nós nunca teríamos vindo a este mundo maldito", retorquiu Sandy, desta vez num tom mais furioso que incluía até maldições e vitupérios para Jeffrey, que nada fez para se defender.

-Lamento dizer isto, senhor, mas concordo, não me pareceu uma boa ideia desde o início", disse Mike, acrescentando lenha para a fogueira, embora na verdade ele fosse o único que tinha defendido um pouco o capitão, mas depois da situação prevalecente ele tinha manifestado a sua verdadeira opinião.

Jeffrey não disse nada, mas parecia inquieto e um pouco resignado, tinha sem dúvida perdido a voz e o comando. Os militares apontavam em todas as direcções, especialmente para o topo do cume próximo.

-O que é que vamos fazer agora, capitão? - Começaram a chover perguntas sobre ele, que ao princípio não sabia o que fazer, mas depois fez:

-Tenho o intercomunicador com o receptor de sinais", disse ele, "o que agradou muito a toda a gente. - Ainda bem, Comandante, que vai mandar chamar a Linna, não vai? -sussurraram alguns deles. - afirmativo.

-Linna Linna, estás a ouvir-me? Vá lá, responde-me... Sim, Capitão, o que é? -Linna respondeu num tom pouco amigável, -O que se passa Linna? porque não respondes?

-Nada capitão, o que é que pode acontecer... e parece agitado, o que é que se passa? - disse ele sarcasticamente enquanto dava um pequeno sorriso do cockpit.

Explicamos tudo mais tarde, sei que não temos cápsulas, pode vir buscar-nos, é urgente, por favor", ouviu-se a si próprio dizer em pânico. -Lamento, senhor", respondeu ela, "o quê, de que estás a falar, Linna?

-Sinto muito, não sei o que se está a passar aí em baixo, mas....

-Linna, porque estás a desligar? Linna-.

-O que é que se passa, capitão? - perguntaram alguns quando viram o seu rosto preocupado - Linna desligou o telefone. Depois todos responderam com um longo quê?

Ela é louca? Bobby murmurou: "Dá-me o intercomunicador", disse Sandy, arrancando-lhe o aparelho de uma forma muito rude: "Linna, vá lá! Responde, estúpida, - acalma-te - repreendeu-a Emily com firmeza - não vais ganhar nada com isso - e depois fez o mesmo, sem sucesso.

Infelizmente, o ódio tinha corroído Lanny de tal forma que o seu coração transbordava de ressentimento para com o capitão, por nunca a ter levado a sério nos mais de um ano em que o conhecia, pois para ele ela era apenas uma rapariga, enquanto Emily era uma mulher. Isso levou-o a fazer o impensável. A partir do momento em que todos tinham partido para o planeta, o seu plano começou a correr. Ele sabia que não haveria testemunhas e que ninguém suspeitaria que ela tivesse vindo para a Terra. Por isso, livrar-se dos engenheiros a bordo seria canja. Na sua posse estava uma arma que ela poderia facilmente usar, por outras palavras, ninguém seria deixado vivo. Apesar de, mesmo para ela, ser um risco elevado fazer isso devido ao fenómeno invulgar que tinha acontecido, o plano continuava a ser concebido. Assim, a primeira coisa que ela faria antes de deixar aquela área para terra seria livrar-se dos engenheiros, nomeadamente três mulheres e dois homens que estavam à espera nos seus respectivos quartos atrás da área da tripulação.

-O que é que se passa com a Linna? Ela é maluca", gritavam as médicas. Alguns dos rapazes começaram a praguejar para o ar e dois fuzileiros correram para o capitão Jeffrey, que, o melhor que pôde, Mark afastou-os, ameaçando-os de despedimento por desrespeito a um oficial superior. Depois da luta fugaz, o problema manteve-se: sair da zona o mais depressa possível, mas como?

-Se a nave Nostradamus está cá, podemos...

-Mas como é que pudeste dizer uma coisa tão estúpida? O inofensivo e brincalhão engenheiro estava agora furioso. - Não estão a ver o tamanho deste planeta, pelo menos é do mesmo tamanho que a lua. Não são fáceis, é como tentar encontrar uma agulha num campo de trigo.

-Não há mais combates. Temos de nos mexer", disse o tenente, "pelo menos temos oxigénio e com estes concentradores não haverá problema, o problema é que só temos água suficiente para mais um dia. - Vamos embora.

No interior da Babilónia, foram disparados tiros atrás de tiros, tirando a vida a cada um dos cinco engenheiros que nela embarcaram e que imploraram em vão pelas suas vidas até ao último momento. Depois de uma hora exaustiva, Linna transportou os cadáveres para a parte final, onde os detritos espaciais eram lançados no espaço profundo. Linna sabia o mal que tinha feito, mas não havia remédio, sabia que, apesar de lhe doer ter praticamente condenado à morte o seu querido capitão lá em baixo, também sabia que ele era jovem e que, mais cedo ou mais tarde, apareceria outro para tomar o seu lugar, e um que poderia ser seu por direito. Além disso, apesar da sua juventude, se as coisas corressem bem, poderia tomar conta da Babilónia com um salário muito suculento, pelo menos dez vezes superior ao que ganhava, mais algumas facilidades para vender material por conta própria, o que o capitão não fazia por honestidade.

-Motores ligados, sistema óptimo para iniciar. OK computador, posicione-se no planeta 13 tomando as seguintes coordenadas...

Sistema iniciado na rota para o planeta 13 agora...

Não demorou muito para que a Babilónia tomasse um novo rumo, mas a sua sorte foi curta. Depois de alguns milhares de quilómetros no espaço profundo e do terror que se seguiu, ela apercebeu-se de que estavam presos numa espécie de universo alternativo que convergia com o nosso ou que era, de certa forma, uma cápsula do tempo exterior ao presente, porque nada podia passar por essa camada escura depois de absorvida, pelo menos era essa a sua teoria. O terror apoderou-se dela de tal forma que ela decidiu voltar, sim, tal como leste, ela decidiu voltar ao planeta negro, apesar de se ter perdido algumas vezes. Não havia maneira de ela sair daquela confusão se não arranjasse uma boa explicação sólida para o que tinha acontecido aos engenheiros. Porque mesmo que ninguém conseguisse perceber o que ela tinha feito, assim que voltasse à Terra iriam investigar o caso a fundo. Mas naquele momento ela não se importava muito com isso, por mais astuta que fosse, saberia explicar tudo a seu tempo, o que importava agora era sair dali se pudessem.

Capítulo 8

Lá em baixo, no mundo escuro, estavam a acontecer coisas nada agradáveis. Com tudo isso e o terror que se apoderava deles, começaram a procurar um abrigo teoricamente seguro para passar a noite que parecia eterna daquele lado. Por esta altura teriam preferido aterrar do outro lado, onde a perpetuidade da estrela estava sempre no mesmo sítio, ao que parecia, embora o calor fosse seguramente abraçador. O mais estranho é que, apesar de ser o lado escuro, a temperatura rondava os vinte e poucos graus centígrados com os casacos que tinham. Pelo menos nisso tiveram sorte.

-Olhem para aquele cume, a cerca de vinte metros do topo há uma espécie de gruta com alguns metros de comprimento", disse Mark enquanto marchava em direcção à área com a sua espingarda erguida no ar, "Não é muito profunda, será um bom lugar para descansar, pelo menos podemos disparar se alguma coisa se aproximar. Despachem-se e fiquem no sopé do cume", ordenou a três outros fuzileiros que vinham na retaguarda.

Minutos depois

Depois de todos se terem instalado e enrolado para descansar após aquele encontro aterrador com a entidade desconhecida de aspecto desconhecido, Emily, a mais graduada a seguir ao capitão, perguntou calmamente para não perturbar os nervos da maioria, que na realidade já estava mais calma, se é que podia estar. Emily, a mais graduada depois do capitão, pediu calma para não perturbar os nervos da maioria, que na realidade já estavam mais calmos, se é que podiam estar mais calmos:

Mas antes que algum deles pudesse responder, na escuridão, a cerca de dois quilómetros em direcção à entrada do desfiladeiro que conduzia ao desfiladeiro onde tinham estado horas antes, avistaram um grupo de antropóides de estatura humanóide, com vestes escuras a cobrir-lhes a cabeça, marchando com passos erráticos, segurando uma espécie de gaiola de tamanho médio que não permitia ver o conteúdo, mas que, à dedução de todos, era claramente algo que transportavam para ser sacrificado. Não conseguiam seguir a visão porque, de onde estavam, havia um ponto cego na montanha colossal que os impedia de a seguir. O medo apoderou-se deles, pelo menos momentaneamente. É evidente que estas coisas eram inteligentes e que se dirigiam para o local onde tinham sido atacados. Mas, a julgar pelo seu andar letárgico, não era evidentemente a coisa maléfica que os tinha atacado na escuridão do palácio.

Acalma-te", disse Mark. Alguns membros da equipa, como os médicos e Bobby, começaram a tremer, e a cena perturbadora tornou-se pior e mais sinistra devido à escuridão que envolvia todo o local. Chamem a Linna outra vez", propôs Mike a Jeffrey, mas antes mesmo de o fazer, ouviu-se uma intercepção de comunicação no altifalante do capitão e era: "Mayday help, alguém está a ouvir-nos, estamos num planeta desconhecido que parece totalmente escuro do espaço, por favor ajudem-nos". Era o Tomás, o capitão do Nostradamus.

-Amigo Tomás, és tu?

-Capitão Jeffrey, sim, sou eu. - respondeu ele com uma alegria tão indescritível que a sua voz estalou por um momento.

-Em que zona estás? Acho que estamos no mesmo sítio, algo nos arrastou e... (problemas de sinal).

-Graças a Deus. Não sei exactamente.... caímos na zona negra do planeta.

-Mas sabe mais ou menos.

-Na cordilheira, a maior. -respondeu Tomás.

-Pelo menos tivemos a sorte de estar perto nessa altura", disse Jeffrey antes de perguntar imediatamente a Tomas. - O que é que vos aconteceu?

-É uma longa história, mas algo nos atacou.

-Vaca sagrada, de que é que eu tinha medo", sussurrou, "podem andar pela zona da encosta, estamos a meio caminho, vou dar-vos as indicações agora", disse o capitão com uma esperança que era visível no túnel, "bem, sem perder mais tempo vamos fazer isso". Depois desse apelo esperançoso, sem perder mais tempo e apesar do medo, começaram a orientar-se com os sinais que o capitão do Nostradamus lhes tinha dado. Ao longo da encosta, começaram a caminhar pelo lado esquerdo, atravessando a cordilheira. Na verdade, estavam a pelo menos cinco horas, a um ritmo constante, de onde Tomás se encontrava.

Linna ainda estava longe, no espaço profundo, mas estaria lá dentro de algumas horas, o mais tardar, para os resgatar depois da sua fuga mal sucedida.

-Parecia um demónio, aquela coisa..., que certamente venera aquelas coisas que passaram ao longe com a gaiola", comentou Luke com um olhar vazio, tentando parecer forte e voltar para a sua amada na Terra.

-Não era uma estátua? - perguntou Mark.

-Parecia que sim", disse um dos fuzileiros.

-Não era a esfinge, tenho a certeza que havia algo a espreitar na escuridão. -E foi isso que nos atacou", disse outro homem aterrorizado, "ou talvez a estátua seja uma representação do que se esconde lá dentro", acrescentou mais um.

Pobre Liam, a sua família vai sentir a sua falta e a dos outros que perderam a vida", murmura-se.

- Pára de dizer isso", ordenou o tenente à frente, segurando firmemente a sua espingarda de assalto no meio daquele caminho irregular e rochoso que se inclinava perigosamente para a esquerda e onde tinham de se concentrar, caso contrário escorregariam e cairiam pelo menos dez metros abaixo e rebentariam em pedras afiadas. Depois de algumas horas de caminhada difícil, mas sem incidentes, chegaram finalmente mais ou menos aos sinais que Tomás lhes tinha dado, o que custou à maioria do grupo acreditar que ainda estivessem vivos depois de mais de doze meses de desaparecimento. Nem sequer houve tempo para assimilar a surpresa perante a situação desesperada em que se encontravam, e assim seguiram, embora com alguma descrença de que tudo não passasse de uma pareidolia mental ou alucinação colectiva.

-E se gritarmos ao pé do cume, talvez nos ouçam", são algumas das propostas que se ouvem na ausência de resposta após vários minutos de gritos: "Onde está o capitão Tomás?

- Não. Pode ser perigoso", respondeu Mark, abanando ligeiramente a cabeça. Jeffrey tinha ficado calado, talvez por vergonha, e estar nesta situação era, em parte, culpa dele, disse a si próprio.

- Capitão Tomas, Capitão Tomas", gritou uma grande parte da equipa a uma só voz, enquanto Jeffrey fazia o mesmo pelo intercomunicador, mas não houve resposta. Talvez fosse devido às altas montanhas que interferiam com o sinal, ou talvez por ser um planeta com muitos obstáculos por perto.

Continuem a gritar - deve ser aqui, esta é a parte em que se vê ao longe uma colossal montanha de dois picos como o Tomás nos disse, e é por aqui.... - Jeffrey comentou.

Passados apenas dez minutos, o sinal voltou e não se tratava claramente de uma alucinação colectiva, todos estavam a ouvir. - Já vos vi, estamos do outro lado do vale onde vocês estão, mexam-se depressa. - A voz de Tomás ecoa e depois é interrompida por ruídos estranhos.

- Bem, ouviram o homem", vociferou Marcos, descendo por uma parte acessível em direcção ao sopé da serra e atravessando depois uma área aberta de pelo menos meio quilómetro de comprimento, impregnada de uma planta escura semelhante à Sansevieria, mas com um aspecto mais gelatinoso e compacto. Não se via mais nada para além daquela planta desconhecida naquele mundo escuro e semi-seco, que obviamente devia ter água, pensaram, para que Tomás tivesse sobrevivido tanto tempo ali.

Depois de uma caminhada de mais de oito minutos, o sinal voltou, - I see you buddy - ecoou nos ouvidos de Jeffrey, que tinha o altifalante activado.

-Olhem para ali! Há duas sombras humanóides no sopé daquela montanha", gritou um dos fuzileiros, e depois cinco deles avançaram por ordem de Mark para se certificarem de que eram mesmo eles.

Sou eu, meu amigo", ouviu-se de novo e depois o sinal foi interrompido.

-Se for a mesma caminhada," disse Jeffrey, caminhando ao passo dos fuzileiros à frente.

Depois de uma curta e cansativa corrida, chegaram e, de facto, era o capitão Tomas do Nostradamus, um dos primeiros pilotos do Wadiom, que já tinha cerca de 47 anos, mas que, pelo seu aspecto, já não aparentava essa idade. Pela forma como estava vestido, era provavelmente um engenheiro assistente. Sem perda de tempo, cumprimentam-se calorosamente. Depois disso, Tomás diz-lhe para os acompanhar até à gruta onde estão mais dois membros da sua tripulação e que é perigoso estar em terreno aberto. Apesar do júbilo e da alegria que sentiam, não disseram nada durante o caminho, por ordem de Tomás, que parecia bastante magro para o que era, talvez devido à baixa ingestão de proteínas e hidratos de carbono. Seja como for, ambos pareciam demasiado envelhecidos e o seu companheiro, que normalmente não teria quarenta anos, aparentava ter cinquenta e poucos e um aspecto doentio.

-Vamos voltar a descer um desfiladeiro entre colinas tão altas como pequenos edifícios, não me agrada nada", murmurou Bobby ao seu chefe, que se tinha tornado claramente o principal opositor do capitão. Ele não gostou da sua decisão de os ter colocado em perigo na gruta.

-Para onde é que vamos, senhor? - perguntou Marcos ao velho, que na situação tinha assumido o comando e o respeito silencioso do grupo pelas suas acções corajosas desde que os salvara na gruta.

- À frente há uma gruta bastante grande no fim deste desfiladeiro, onde nos temos escondido todo este tempo. Quando lá chegarmos, contar-vos-emos tudo, mas por agora é melhor irmos com calma. - refutou, ao chegarem a uma bifurcação num caminho natural feito pela erosão da própria água. Ao verem isto, todos disseram que era bom, pelo menos não se via água, mas era claramente a acção da natureza, aqueles caminhos íngremes de erosão no solo.

Não tinha passado mais de meia hora e Linna tinha finalmente chegado ao planeta escuro. Estava novamente relutante em enviar o sinal. Pensamentos intrusivos rodopiavam na sua mente, ela tinha matado cinco pessoas inocentes no seu ataque de ciúme e ódio. Não conseguia sair dali, embora as suas capacidades de pilotagem fossem boas, temia ficar presa no espaço profundo e isso aterrorizava-a. Apesar de ter atravessado alguns milhares de quilómetros, continuava a ver aquela maldita cortina negra que, por mais que avançasse em direcção a ela, continuava a estender-se na escuridão total. Por isso, com medo de se perder, regressou com o horror de talvez nunca mais poder sair daquela zona. No entanto, morrer com os outros, pensou ela, seria muito melhor do que perecer sozinha, por isso ficou ali a pensar como dizer-lhes que algo tinha acontecido e que era por isso que não tinha ido em seu auxílio horas antes...

-Olha, é a gruta", avisa Tomás ao entrar, e segundos depois chegam ao fundo da pequena gruta natural, com pelo menos quinze metros de profundidade por dois de altura. Sentam-se no chão e começam a ouvir o que o capitão tem para dizer. Não havia tempo para romantismos e palavras a mais, era altura de sair daquele lugar o mais depressa possível.

-Como é que sobreviveste? - perguntou Jeffrey com surpresa, e a mesma pergunta ecoou à sua volta, mas em sussurros.

-É uma longa história", respondeu ele com a sua voz rouca característica.

-Há tempo para o ouvir, suponho que já passou pelo que nós passámos, não é verdade? - Ele acenou com a cabeça através da escuridão iluminada por cinco pequenas velas colocadas uniformemente para iluminar melhor o interior.

-Ele murmurou, engolindo saliva, "OK, vou começar do início", disse enquanto parte da sua equipa, mais duas raparigas que tinham sobrevivido, aparentemente acenavam com a cabeça. A sua aparência era igualmente cadavérica, o que se devia provavelmente ao facto de terem ingerido pouca comida e água.

- Há doze meses, como devem saber, estávamos a caminho do planeta 14 para levar mantimentos e provisões, neste caso para alguns meses. O cargueiro estava com um terço da sua capacidade. Acontece que até aí tudo corria bem, uma viagem de rotina, mas quando entrámos no limite da zona x, onde existe um pequeno aglomerado de asteróides, vimos diante dos nossos olhos como, algumas dezenas de quilómetros à nossa frente, o Babel era arrastado por algo invisível para o lado esquerdo, onde teoricamente estaria Betelgeuse. Tentámos travar, mas o painel de instrumentos começou a enlouquecer e, antes de conseguirmos fazer marcha-atrás, fomos brutalmente puxados para aquela zona que desconhecíamos. Depois, com medo de colidir com qualquer corpo celeste, fizemos tudo o que podíamos para fazer a nave parar, mas ela não respondia. Depois de horas assim, resignámo-nos a morrer, apenas para assistir à distância à destruição da Babel pela passagem lacónica de um asteróide. Pelo menos não sofremos esse destino, digo eu, embora na verdade estejamos pior. Passado algum tempo chegámos a este planeta que certamente já perceberam como é, e para deduzir nem sequer é necessário perguntar-vos porque chegaram aqui também; foram arrastados para aqui, não foram?

A dezenas de quilómetros de entrar na atmosfera, os motores desligaram-se. Estávamos a entrar no planeta com o terror de que isso significava morte certa porque seríamos despedaçados na superfície. Mas, graças a Deus, a meio da viagem e nas manobras finais, dois motores responderam, atrasando a aterragem que, por si só, foi terrível. - disse ele, salivando e baixando a cabeça só de recordar essa cena...

- Após uma aterragem violenta, felizmente a nave não tinha sofrido danos graves e irreparáveis. Naquele momento, olhámos à nossa volta para o cenário horripilante que nos rodeava, onde prevalecia uma estranha escuridão, embora pudéssemos olhar uns para os outros, a atmosfera era propícia a fazer emergir esses terrores primordiais no nosso ADN. Assim, com medo, analisámos a composição atmosférica e, graças ao céu, algumas funções do sistema ainda funcionavam. Como vimos que os gases eram semelhantes aos da Terra, saímos. Como podem ver, já nos adaptámos. No início havia dores de cabeça, etc., mas já não é necessário utilizar os concentradores de oxigénio.

Sabíamos que tínhamos de sair dali, apesar de a atmosfera ser respirável, este mundo não nos dava qualquer segurança, pelo contrário, tudo parecia perigoso, tal como agora... os engenheiros começaram a toda a velocidade a reparar e a analisar todos os motores, que teoricamente podiam ser reparados.

Nessa altura, o engenheiro-chefe disse-nos que, na melhor das hipóteses, se as coisas corressem bem, estaria pronto a funcionar em mais de quarenta horas, por isso, vendo que este mundo não tinha vida à primeira vista, disse a dois dos meus amigos para irem explorar à sua volta, obviamente sem ir mais do que alguns metros. Disse a dois dos meus amigos para irem explorar um pouco à volta, obviamente sem irem mais do que alguns metros, mas descobrimos algo que nos deixou gelados - revelou ele ao olhar fervoroso de todos os que não diziam nada... - encontrámos uma gigantesca nave alienígena - quando ele disse isto, todos olharam uns para os outros com desânimo como se dissessem: "puta merda, isto é um maldito filme de terror?

O navio ainda lá está, é de onde eles vieram, aninhado num desfiladeiro de difícil acesso, obviamente que não chegámos lá por causa do que aconteceu. Avistámos o navio a pelo menos quatrocentos metros de distância, não conseguimos lá chegar porque era muito íngreme e perigoso, porque estava no fundo do desfiladeiro. Mas tinha pelo menos o dobro do tamanho do Nostradamus, era cinzento metálico como a prata movediça, com inscrições arcaicas e desconhecidas. A quem quer que pertencesse, aquela coisa tinha uma antiguidade inimaginável. Quando olhei para ela, fiquei estupefacto, tal como os meus dois companheiros. Enquanto pensávamos numa forma de entrar ou de nos aproximarmos o suficiente para tirar uma boa fotografia, um ruído a oeste chamou a nossa atenção, Parl disse que vinha do outro lado da pequena montanha que se erguia à nossa frente. Com espírito de aventura, subimos em menos de uma hora ao cume, que era enorme, embora fosse o mais pequeno do mar de picos imersivos que o rodeavam. Do cimo desse imenso cume avistámos o desfiladeiro e, certamente, é o mesmo que atravessaram. - O horror brilhou nos seus olhos por um segundo, quando se virou para a vela que lhe dava alguma luz e o porquê da consternação nos seus olhos.

- Então também sabes o que está escondido? - insinuou Jeffrey.

- Sim", respondeu o seu homólogo, secamente, perante o olhar de espanto de todos.

- Depois, vimos aquela gruta no meio daquela encosta rochosa com o seu passado sombrio... Por curiosidade, os meus dois companheiros disseram-nos para irmos ver. No início, os meus medos do desconhecido resistiram e eu não queria, mas acabaram por me convencer. Maldito seja o momento em que concordei. Assim, depois de meia subida exaustiva sobre o terreno perigoso que já conheciam, espreitámos para o interior daquele edifício e, sim, tal como parecia: uma escuridão insondável. Acendemos as potentes luzes dos nossos capacetes e tomámos o primeiro caminho daquele ramo. Quando ele disse isto, o medo no coração da equipa de Jeffrey voltou a disparar quando ouviram isto, sabendo que Tomás não tomou o caminho do meio do ramo, mas sim o primeiro.

- Apesar do medo, sabíamos que o que quer que tivesse feito aqueles caminhos engenhosamente esculpidos na rocha e com milhões de anos, segundo o nosso amigo Zack, indicava que a raça que os fez era altamente inteligente, por isso quando vimos aquilo sabíamos que apesar do perigo que existia, a razão ignorava a excitação de descobrir coisas que seriam na voz dos meus amigos ; algo espantoso e um antes e depois para a raça humana. Caminhámos durante não sei quantos minutos. Houve um momento em que parecíamos perder a noção do tempo. Não havia nada nos lados ou no tecto daqueles corredores, por isso houve momentos em que avisei que era altura de voltar para trás, que não podíamos ir mais longe por causa do perigo de nos perdermos, mesmo que só estivéssemos a avançar no ramo um. Quando estávamos prestes a voltar para trás, diante dos nossos olhos apareceu uma sala colossal, enquanto as luzes poderosas nos mostravam maravilhas de éons insondáveis. Estas foram as palavras de Zack, que era quem mais sabia de geologia e arqueologia, embora fosse um novato.

Lembro-me das palavras que ele disse: "esta é a maravilha das maravilhas". Imediatamente e em êxtase, entrou na enorme e arcaica sala. Depois de dizer isto, Jeffrey interrompeu-o, dizendo: "Olhaste para um trono, não olhaste? - Olhaste para um trono, não olhaste? É o mesmo em que estivemos horas antes.

Não havia trono nenhum", respondeu. - A câmara em que entrámos era a principal, pode ter-se entrado nas subjacentes, mas esta sala era gigantesca, pelo menos dois estádios de futebol, e estava cheia de tesouros e maravilhas inimagináveis. Obviamente, o tempo tinha cobrado o seu preço. A poeira tinha-se apoderado dela, e as areias do tempo aguardam certamente mais segredos, embora ainda mantenha aquele misticismo em torno daqueles que a construíram. Havia um medo em mim de alguma coisa, embora a verdade seja dita, nas palavras de Zack, que tinha sido abandonada há pelo menos milhões de anos, inacreditável para os meus ouvidos, mas os sinais de erosão na rocha confirmavam a história. As paredes estavam atapetadas com uma escrita cuneiforme desconhecida que fazia nossos cérebros gritarem de terror. Havia desenhos e formas de proveniência desconhecida. O chão estava coberto de areia, embora com o meu sapato conseguisse ver que estava coberto de barro vulcânico laranja não escorregadio. À frente havia várias divisões como de salas mais pequenas, à direita via-se uma esfinge gigantesca e horripilante feita de pedra ou de um material não verificado... éramos como formigas perante aquela sala de mais de vinte metros de altura e paredes colossais onde convergiam os sinais de diferentes línguas. Parecia ser uma espécie de hinos e orações de diferentes línguas do universo. Continuámos a avançar perante aquela obra de arte colossal, esbarrando em coisas de pedra impregnadas do pó do tempo.

Quando finalmente chegámos a um canto de uma enorme parede que nos bloqueava a visão, vimos à nossa frente uma porta selada de tamanho colossal, talvez com dez metros de altura e oito de largura, aparentemente selada, mas pelo menos aberta para podermos passar. No centro dessa porta impossível de mover, no meio, havia uma enorme inscrição com umas letras desconhecidas que, se fosse possível traduzir para a nossa língua, soaria algo como: Murxhu. Entrámos por uma fresta da porta e eu mal cabia, pois era o mais resistente, mas com algum esforço consegui entrar. Quando as luzes finalmente lutaram contra a escuridão abismal, ficámos espantados com o que havia naquela sala cheia de crânios de coisas diferentes que outrora estiveram vivas. Era como se aquela sala escondida fosse o local onde se realizavam os sacrifícios de criaturas de todo o universo, nomeadamente pelos vários esqueletos assustadores que cobriam o chão lajeado daquela sala, que apesar de ser mais pequena, não deixava de ser enorme.

O espaço aberto estendia-se a toda a largura e, ao fundo, havia cerca de oito degraus alongados, sobre os quais se encontrava uma estátua completamente diferente das que estavam espalhadas e partidas à entrada. Esta estátua tinha pelo menos quatro metros de altura e um rosto diabólico que, escusado será dizer aqui, parecia uma abominação, embora, para nossa sorte, pensássemos que era feita de pedra esculpida por um artesão há milhões de anos. De repente, Marcos aproximou-se demasiado da coisa. Debaixo dos pés da esfinge, havia muitas coisas de aspecto tecnológico dos tempos antigos, e de estranha manufactura. Talvez como uma oferenda dos seus súbditos à coisa. Parl atreveu-se então a premir uma espécie de botão na rocha ao lado da figura. Nesse momento, as paredes do fundo começaram a abrir-se. O terror apoderou-se de mim e eu gritei: "Vamos sair daqui". Enquanto corríamos com medo que aquilo se desmoronasse e nós também; uma coisa preta saiu da parede que se abria lentamente e agarrou o Zack. Eu ia à frente dele, tentando chegar ao sítio por onde tínhamos entrado. Quando finalmente consegui sair da porta estreita, a coisa doentia apanhou o meu outro amigo atrás de mim. Por isso, corri com todas as minhas forças, cambaleando, sem sequer saber o que estava a fazer. O meu coração ficou a bater durante horas.

E, caramba, como sou velha! Mas, por causa da adrenalina, corri em menos de dois minutos todo o caminho de volta por onde tínhamos entrado. Quase caí no vazio, mas consegui chegar à nave o melhor que pude, mas o horror também estava lá. Quando cheguei, vi apenas vestígios de sangue no exterior da nave e, nesse momento, pensei que era o único sobrevivente. Mas, mais tarde, o Liam e as duas raparigas apareceram e disseram-me que algumas coisas tinham vindo, matado e levado os corpos de pelo menos quatro elementos da equipa - quando acabei de confessar isto, houve um silêncio terrível até a Emily perguntar.

- E suponho que sobreviveram por causa da comida, certo?

- É isso mesmo", acenou com a cabeça.

- Estou a ver, então há comida suficiente?

- Sim, há pelo menos dois meses, contando consigo. Não há água, pelo menos nas redondezas, de acordo com a análise do nosso robô", disse uma rapariga atrás dele, que era claramente uma assistente médica. - De acordo com os dados do robô, este planeta deve ser um dos mais antigos do universo, segundo as análises de rochas que fez... e datam de há mais de 45 mil milhões de anos, o que não tem lógica se tivermos em conta que o universo tem actualmente uma idade estimada em cerca de 14 mil milhões de anos.

- É inacreditável - houve murmúrios de consternação e espanto depois disso.

- O que quer que esteja naquelas grutas, onde há segredos insondáveis, é muito, muito perigoso", diz Tomás. - Felizmente, saíste ileso.

- Nem por isso, senhor, cinco dos meus homens morreram", disse Mark com tristeza.

- Desculpem, disseram alguns deles, incluindo o Tomás.

- Agora que me lembro, há algumas horas mencionou ao Jeffrey que alguém lhe roubou as cápsulas, certo?

-Afirmativo", respondeu o comandante sem comentar aquelas silhuetas encapuzadas que observava a um ritmo errático abaixo do cume onde tinham aterrado. Mas era escusado dizer, quando Tomás continuou: "Devem ser as criaturas que veneram aquela divindade chamada Murxhu que estava inscrita na porta do templo onde entrámos e que era justamente aquela criatura de pedra de aspecto sinistro. O que eu não vos disse foi que consegui trazer este medalhão prateado", confessou, e perante o olhar consternado de todos, tirou-o para fora e mostrou-o, onde se podia observar a antiguidade do objecto diabólico. E sobre ele havia duas criaturas horrendas. Uma idêntica à que Jeffrey tinha visto na primeira gruta, e a segunda semelhante a um ser com tentáculos e uma diabólica cara de polvo, mas de aspecto mil vezes mais sinistro.

Todos olhavam com espanto para o objecto extraterrestre. Nele estava gravado o confronto de duas divindades quando o tempo era jovem. Evidentemente a primeira divindade daquele mundo era o tal Murxhu; aquela coisa diabólica, se é que se pode chamar assim, que despertou daquela caverna quando aniquilou a maioria dos soldados. E a segunda era uma divindade desconhecida que, se alguém fizesse um esforço de linguagem humana, soaria como Cthulhu. O tal medalhão trazia o nome riscado desta última divindade, como se o oleiro que o fez o odiasse.

O outro deus, chamado Murxhu, foi o vencedor na parte de trás da batalha, onde o seu pé de três dedos foi mostrado com garras aterradoras a cravar a cabeça do polvo. Nessa altura, tudo podia ser verdade. Ou talvez fosse apenas uma representação alegórica, embora, na verdade, o que quer que tivesse atacado os humanos na caverna fosse sinistramente real e pudesse matar.

-Não há noite neste lugar? - perguntou Sandy sem especificar, mas era obviamente dirigida a um membro dos Nostradamus.

- Ninguém respondeu com palavras, apenas os membros da equipa de Tomas abanaram a cabeça.

- Pelo menos é uma situação em que todos ganham", sussurrou Mike.

- Então, capitão, o navio pode ser reparado ou não? - perguntou Jeffrey.

- Sim, mas as raparigas que o podiam arranjar foram mortas por essas coisas que veneram essa abominação. É por isso que nos escondemos nesta zona que, por experiência própria, passa ao longe, em direcção a algumas montanhas. Podemos dizer que são criaturas inteligentes que vêm a este planeta de tempos a tempos para trazer sacrifícios ao seu deus", disse ele, "embora, talvez isso seja conjectura porque nunca vimos as suas naves ou artefactos aterrarem nas redondezas.

- Compreendo", disse Jeffrey, "este planeta está morto, apesar de existirem plantas estranhas que tornam possível a atmosfera respirável.

- É isso mesmo, meu amigo.

- Tomás.

-Diga-me, Emily, pelo que nos disse, podemos reparar a nave, não podemos? - acenou com a cabeça, hesitante, e perguntou: "E onde está a vossa nave?

- Não sei, a rapariga responsável não respondeu, há mais engenheiros lá em cima, mas a comunicação foi cortada e é por isso que estamos aqui... Sei que aqueles sacanas levaram as nossas cápsulas e pergunto-me se suspeitaram que estávamos aqui", acrescentou Emily.

- Não tenho a certeza, mas talvez pensem que caíram do céu", respondeu hesitante o comandante Nostradamus.

- São seres racionais", comentou Liam, o assistente de Tomás, "embora não saibamos o seu grau de inteligência, nem sabemos se são naturais deste sítio.

-Então não temos outra hipótese senão reparar o navio", disse Emily, determinada.

- É verdade, mas amanhã. Pela nossa experiência, a esta hora, estas coisas estão activas no transporte de sacrifícios para as montanhas. Não sabemos se essas coisas estão por todo o terreno, é melhor não arriscar". Ainda não tinha acabado de dizer isto quando se ouviu um forte estrondo em redor, e era claramente o desabamento de uma nave interestelar que tinha caído sobre as montanhas em frente ao local onde tinham aterrado horas antes; e era a Babilónia. Alguma coisa tinha derrubado a Linna que estava à espera em órbita, e certamente eram aquelas coisas que vinham ao planeta para fazer sacrifícios a divindades primordiais, ou pelo menos em representação do que quer que elas tenham sido, se é que alguma vez existiram.

- Ouviram aquilo? que raio foi aquilo! - disseram algumas vozes em coro quando saíram e olharam verticalmente para a cadeia de montanhas do lado direito que se estendia ao longe, mas nada era perceptível devido à escuridão atroz.

- Parece que alguma coisa foi derrubada", murmuraram e depois viraram-se para olhar uns para os outros.

-Meu Deus! abateram-na Eu disse-lhes, essas coisas vêm do espaço e trazem coisas enjauladas para lhes darem sacrifícios... Eu sei porque no sítio onde entrei havia esqueletos estranhos de origem desconhecida, e é lá que fazem sacrifícios a essa divindade chamada Murxhu - disse Tomás de repente, num acesso de paranóia controlada - embora nos tenhamos habituado a estar em perigo. Se essas coisas tivessem sempre habitado este mundo, não teríamos sobrevivido até hoje", acrescentou, agora mais certo de que aquelas silhuetas humanóides que se moviam ao longe de vez em quando vinham de algures lá fora.

- Então, de que estamos à espera para reparar o navio?", acrescenta o comandante com os olhos perdidos no horizonte, onde a Babilónia terá certamente caído. Nada teria sobrevivido, pensou, para se expor a outra expedição e tentar salvar os destroços. Achava mais provável que tivessem morrido instantaneamente. Na sua mente, ele sabia que tinha cometido um grave erro ao entrar naquele mundo. Se ao menos tivessem dado meia volta e tentado sair daquela escuridão, talvez a maioria deles estivesse sã e salva. Porque já havia mais de dez mortos nas suas costas, e a culpa era toda dele, dizia-lhe uma vozinha incessante na sua cabeça.

Embora, na verdade, não soubessem com certeza se era o Babylon que tinha caído, mas sentiam-no dentro de si, porque não havia outros navios para além do Babylon, por isso, depois de um descanso, começariam a tarefa titânica de tentar reparar os motores do Nostradamus.

Eles foram os primeiros a evidenciar um mundo de tal magnitude e segredos inescrutáveis. Dentro de Jeffrey havia sentimentos contraditórios. Uma parte dele estava maravilhada com as incríveis descobertas que tinha visto, mas outra parte dele sentia um pavor inimaginável ao pensar que todos os seus companheiros tinham morrido por sua causa. Uma parte dele ficaria fascinada por lá voltar, embora eu sinta que era algo que ele não desejava fazer, pelo menos conscientemente. Talvez num sonho isso fosse possível.

Ninguém imaginava que a coisa gravada de forma aterradora no medalhão fosse real. Se fosse, seria certamente uma abominação demoníaca de magnitude cósmica. Pelo menos, o que quer que fosse, na experiência de Tomás, não saiu da caverna, ou seja, antes de ele não ter acordado... porque, claramente, algo profanou aquele templo e foi Tomás, segundo as deduções de Jeffrey. Ou talvez, fossem apenas conjecturas erradas ou simplesmente aquela coisa que estava dentro daquela construção antiga era algo que precisava de sacrifícios. Uma criatura tão antiga quanto o próprio universo, no mesmo nível de Cthulhu, o devorador de mundos.

E, segundo o medalhão de Tomas, ele estava em inimizade com a divindade primordial Cthulhu, que veio à Terra há milhões de anos. Se isso fosse real, estaríamos a falar de um par de divindades cósmicas que, apesar de não passarem de mitos na tradição dos humanos cabalísticos, pelo menos para Cthulhu acredita-se que é capaz de infligir loucura e acabar com a civilização humana se assim o desejar. Mas, felizmente, ele está preso na cidade de R'lyeh. Mas esses eram apenas mitos humanos e, claramente, a maioria da tripulação não o conhecia. No fim de contas, o que é que interessa saber mitos estúpidos, diriam eles, mas encontrar esse nome a milhares de anos-luz de distância era algo a considerar.

E se era mito, então porque é que nesse planeta sem nome, tão antigo como o universo, paira o nome de uma nova divindade sombria e primitiva chamada Murxhu, onde é visto em inimizade com o deus primordial Cthulhu. Provavelmente eram criaturas universais que se enfrentavam em guerras cósmicas de dimensões colossais, onde um deles certamente prevaleceu e expulsou o perdedor dessa zona escura. Mas talvez nunca venhamos a saber. De acordo com o mito Lovecrafniano, Cthulhu dorme na cidade submersa no fundo do mar chamada R'lyeh. Mas nada se sabe sobre Murxhu, apenas que, se ele existe, é extremamente perigoso.

Algumas horas mais tarde, a equipa chegou ao local do navio e começou a repardoo... reparacao — Algumas horas mais tarde, a equipa chegou ao local do navio e começou a repará-lo com todas as mãos no convés. Havia uma certa esperança na mente de todos, graças aos engenheiros de Jeffrey que sabiam fazer o seu trabalho muito bem. Quanto aos fuzileiros, vigiavam os flancos da Babilónia de todas as direcções, mantendo-se atentos a qualquer coisa que lhes fosse estranha, pois não pensariam duas vezes em abrir fogo. Embora, segundo a dedução de Tomas, fosse perigoso permanecer naquela zona por muito tempo, pois iam apenas buscar mantimentos, tinham parado de o fazer depois de terem vislumbrado sombras por perto, certamente as mesmas que tinham matado a sua equipa quando chegaram há mais de doze meses. Mas continuavam expectantes, era a única saída e arriscavam-se.

Havia incerteza e morte no ar, mas talvez isso se devesse apenas à adrenalina e às cenas terríveis a que tinham assistido horas antes. Em suma, foram algumas horas de tensão emocional, mas quando finalmente tudo começou a funcionar, havia alegria em toda a gente. Imediatamente a seguir, Emily começou a análise completa do sistema e, se tudo corresse bem, partiriam em menos de uma hora daquele planeta insalubre e maldito, onde se desenrolavam coisas inexplicáveis.

Mas o destino é por vezes tão curioso, ou melhor, a matemática improvável, que os acontecimentos positivos ocorrem sempre no meio do caos. Estavam quase a terminar a análise informática quando o impensável aconteceu. Ao longe, por cima da montanha, onde alguns engenheiros e fuzileiros estavam a observar, vislumbraram uma matilha de seres caninos com características abstractas, a mesma locomoção, mas com caras horrendas semelhantes a cães tindalos, mantendo obviamente as suas dimensões. Eu diria que, à distância, tinham no máximo a altura de um rottweiler, embora de velocidade incerta. Eram pelo menos oito e farejavam a pequena planície pedregosa por detrás da montanha onde tinham estado horas antes e farejavam qualquer coisa. Não havia no rosto de ninguém a expressão de que pensavam que estavam à procura deles, mas, a julgar pela forma frenética como farejavam em círculos, estavam atrás de alguma coisa. Só rezavam para que a coisa nociva das trevas não tivesse enviado a sua prole para os perseguir, era o mais lógico a fazer, a bem da verdade. Do cimo daquela cordilheira de tamanho médio, três fuzileiros Bobby e alguns homens de Tomas vigiavam incessantemente, enquanto os restantes se mantinham de guarda em baixo, com o engenheiro a fazer as últimas análises ao exterior do navio Nostradamus encalhado no que outrora fora um rio onde havia poucas rochas, mas que era um local de trilhos sombrios e escuridão onde era perfeito para uma emboscada.

-Rapazes, cerca de dois quilómetros à frente, no vale das rochas, podem ver algumas coisas como cães ou o que quer que seja, e estão a vir na nossa direcção", gritou um Bobby ansioso, que por esta altura estava exausto depois de ter sido um dos principais engenheiros a reparar os motores.

- Cheira-lhes a qualquer coisa, esperemos que não estejam a caçar", acrescentou outro fuzileiro, e depois Jeffrey, Mark e companhia subiram a encosta de tamanho médio, de talvez trinta metros, para de facto olharem ao longe para uma pequena matilha de animais que estavam sem dúvida a farejar o seu cheiro.

- Olá amigo...

-O que é que se passa com essas coisas? - responde Tomás pelo intercomunicador ao lado de Emily, que está a fazer as últimas operações da análise.

-Já viste cães ou algo que se assemelhe minimamente a cães em termos de locomoção?

-Não, não vimos nada, excepto o que eu lhe disse.

-Então fica a saber que um bando de animais se aproxima neste momento, mas espero que não pensem em vir aqui.

-Pensei que era uma alucinação", respondeu.

-Olha como eles andam! Estão a caçar", comentou Mark.

-Eu disparo, senhor", questionou um dos fuzileiros, "esperem! os seus mestres podem vir, é melhor esperarmos preparados, -Perp arma rapidamente a arma de atirador furtivo para o caso de aquelas coisas não pararem no fundo da encosta", ordenou, o soldado fez o que o seu superior disse, armou a espingarda 452 de calibre .50 de 5 tiros em segundos e posicionou-se a alguns metros deles, à espera que se aproximassem.

-Temos esta área coberta", avisou Mark aos que estavam em baixo, "somos suficientes, mantenham o resto de vocês em baixo", ordenou aos outros, que pareciam expectantes e algo aterrorizados e que queriam partilhar a visão destes seres que se aproximavam sem intenções agradáveis.

-Meu Deus! -exclamou ela, "quando uma coisa não acontece, acontece outra". Estava a fazer o melhor que podia para terminar, embora não dependesse tanto dela como do computador central e estava apenas a verificar, com o computador na mão, com o Luke, se tudo estava perfeito. Tomas estava por perto e um dos seus assistentes encontrava-se do lado esquerdo, com vista para o local onde todos observavam o cume. Alguns minutos mais tarde, as coisas não mostravam sinais de abrandamento, pelo contrário, estavam determinados a encontrar qualquer rasto que pudessem cheirar no solo arenoso e pedregoso daquele vasto vale, de cume a cume.

Não os percas de vista, soldado", reiterou a alguns metros à sua esquerda, para o fuzileiro do atirador, "se soubéssemos teríamos trazido mais armas destas, mas pelos vistos são de carne e osso e não há nada que resista a uma m16 5.56 à queima-roupa. Para bem deles, é melhor pararem", acrescentou.

-Podem ser aquelas coisas que nos atacaram lá dentro", disse Bobby ao lado do capitão.

A coisa que nos atacou ali não é dessas coisas, ouviu-nos disparar contra a coisa que veio atrás de nós no templo onde morreram cinco dos nossos, era uma coisa diferente. Aquelas coisas que vieram atrás de nós são simples bestas de caça, nada mais, mas com um aspecto muito perigoso", disse Marcos, deixando o engenheiro sem resposta.

As abominações não pararam e acabaram por se aproximar perigosamente do sopé da montanha. Nessa altura, se começassem a correr em direcção a eles, não seriam travados tão facilmente como se tivessem corrido à distância. A alcateia parou por uns momentos para seguir o rasto dos humanos. Do alto, podiam ver os seus olhos vermelhos encarnados com um vermelho doentio e grumoso. Não tinham pêlo, mas uma pele viva que parecia ensanguentada. No entanto, talvez fosse natural para eles e não indicasse que estavam a sofrer. Os seus rostos eram uma abominação de feições nojentas e repugnantes, onde dois olhos diabólicos quase se uniam num só, embora separados, não tinham pupilas. Os seus focinhos eram constituídos por uma estranha fila de dentes que pareciam trancas e uma pequena cauda retráctil....

-Disparem contra eles", sussurrou Bobby. A vida de todos dependia do que o Tenente Mark decidisse, qualquer má decisão custaria caro. Eram apenas quatro e em explosão, se fossem da resistência dos cães terrestres, embora duvidassem em teoria, deveriam cair nas primeiras explosões, mas estas pareciam de longe mais terríveis. Mas logo a seguir o computador apitou alto, sinalizando que a análise tinha terminado. Som que estas coisas detectaram e olharam para a montanha; e viram-nas. Mark gritou por cima do ombro: entrem na nave agora. Nesse momento, Mark ordenou: modo defensivo para o resto dos cinco fuzileiros que estavam lá em baixo, enquanto ele e os três que o acompanhavam começaram a disparar a toda a velocidade contra as dez bestas abomináveis que avançavam em direcção a eles com uma ferocidade diabólica.

As balas começaram a acertar, enquanto outras faziam ricochete nas rochas, mas em teoria deveriam ter sido suficientes para os deter nos primeiros vinte metros de avanço, mas não o fizeram, continuaram a subir a grande velocidade. Em trinta metros caíam cerca de quatro, mas era altura de correr ou morrer lá fora - vamos", gritou Mark enquanto o outro soldado pousava a sua espingarda de atirador furtivo sabendo do perigo que se aproximava. O navio ainda tinha a rampa de entrada aberta, onde Jeffrey e companhia estavam a terminar a subida. Mark e os soldados começaram a subir enquanto as bestas velozes já desciam a encosta e os últimos que vinham de baixo subiam a rampa, abrindo fogo contra as abominações.

Infelizmente, uma dessas coisas conseguiu saltar para dentro antes de a entrada ser fechada e, uma vez lá dentro, começou a devorar brutalmente um soldado, enquanto outros disparavam balas descontroladas que faziam ricochete na pele da criatura, ferindo mortalmente alguns membros da equipa. Finalmente, após uma batalha feroz, conseguiram matar a criatura, que permaneceu inerte na área do armazém. Lá fora aquelas coisas sentiram o cheiro a sangue e começaram a dar gritos infernais, provavelmente a chamar pelos seus donos. Dentro da nave os gritos eram incessantes, alguns dos engenheiros incluindo Luke, três fuzileiros e os rapazes de Tomas acabaram por morrer devido a ferimentos de bala e arranhões das garras da besta.

-Damn!", gritou Alexandra, em pânico, enquanto tentava controlar-se, Sandy e os restantes resistiam a sair da área pressurizada da tripulação com quase um pé para as escadas rolantes que levavam ao primeiro andar do Nostradamus.

Não havia tempo para chorar, era altura de sair dali antes que algo inteligente aparecesse e os abatesse como provavelmente tinha acontecido com a Babylon. Os motores começaram a acelerar e segundos depois os potentes propulsores colocaram a Nostradamus em órbita em poucos minutos e, a partir do local onde se encontravam, seguiriam a trajectória oposta à que Linna tinha seguido. Neste caso, dirigir-se-iam para norte da sua posição à máxima velocidade, tentando sair daquela escuridão do lado esquerdo.

Ao longe, aquele mundo cheio de coisas aterradoras estava a desaparecer lentamente no horizonte, mas graças aos céus, eles conseguiram sair com vida. O cadáver da besta estelar foi imediatamente retirado das estrelas e, por protocolos, foi atirado para o espaço interestelar, com receio de que o seu sangue pudesse conter algum tipo de vírus ou bactéria. Os corpos dos seus amigos foram levados para a zona de refrigeração e congelados até chegarem à Terra...

Capítulo 9

Após cerca de cinco horas à velocidade máxima e imersos na cortina escura do lado esquerdo, continuavam a avançar.

-Obrigada, Mark", diz Emily, admirada com a sua coragem e a dos seus homens, que, graças a eles, eram de outro mundo. Por esta altura, já sentia alguma animosidade em relação ao capitão, que estava calmamente no cockpit com Mike e Tomas. As médicas estão com outros fuzileiros na zona da tripulação.

-Não se preocupe engenheiro, é a coisa normal que qualquer pessoa teria feito.

-Obrigado," reiterou ele enquanto lhe dava um pequeno abraço de agradecimento, que ela não recusou.

-Espero que saiamos rapidamente desta zona, que não tem fim à vista.

-Vão ver que vamos sair daqui", disse o fuzileiro, saindo da zona da messe para as traseiras, onde estavam os restantes. Em números concretos, restavam apenas seis fuzileiros, os dois médicos, Tomas, Jeffrey, Mike, Mark e a engenheira Emily. Infelizmente, os três sobreviventes da equipa de Tomas tinham sido mortos por aquelas coisas. Agora só com sorte conseguiriam sair daquela zona aberrante e abismal e então estariam no espaço conhecido e regressariam ao planeta 13. Naquela altura não sabiam o que tinha acontecido à equipa mineira do planeta 14, embora já não se importassem tanto com o que lhes tinha acontecido como queriam salvar as suas vidas. Na Terra, porém, é evidente que o senhor Lak Bey e o seu lacaio Mcmann sabiam muito bem o que tinham feito: assassinaram-nos a todos com uma unidade de fuzileiros, porque tinham descoberto a anomalia há muito tempo, embora nessa altura, três dias depois, estivessem pelo menos a levar a sério o que se estava a passar à volta da zona x em direcção ao planeta 14.

Agora, apesar da sua ambição de segredos, o Sr. Lak Bey não teria outra alternativa senão avisar o governo se a tripulação da Babilónia não chegasse dentro de três dias. O desaparecimento dos mineiros no Planeta 14, eles saberiam como resolvê-lo inventando algo absurdo.

-Tenho de vos dizer uma coisa", diz Tomás num tom estranho, que estava a meio da pilotagem da nave. Jeffrey, à esquerda, e Mike, do outro lado, viram-se surpreendidos com tal comentário.

-Diga-nos o quê, meu amigo", responderam ao mesmo tempo.

-Nunca teríamos sobrevivido sozinhos", afirmou.

-Do que é que estás a falar, Tomás?", exclamou Jeffrey, com os olhos arregalados.

-Os meus amigos não estão mortos agora, provavelmente estão a acordar.

-O quê? -disseram os dois ao mesmo tempo, e pior, depois de Tomás ter feito olhos encarnados como cães de tindalos no planeta negro. Nessa altura, já sabiam que algo não estava bem com Tomas e que ele já não era o mesmo de há algum tempo, pelo aspecto perturbador e estranho que estava a assumir. Por muito que quisessem mexer-se, estavam paralisados por uma força anormal que lhes era exterior. Só conseguiam olhar para o seu homólogo de outrora, que proferia coisas pouco saudáveis como: "Mais uma vez, será estabelecida a adoração do grande Murxhu, o regente do cosmos, desde o nascimento das estrelas até ao seu ocaso. Neste momento, ele está no navio. - confessou ele, deixando a alma que restava a Jeffrey aterrorizada, - "E suponho que podes imaginar para onde vai... é o meu querido amigo: para a carga" -.

Aquela criatura maléfica e primordial que os atacara lá em baixo estava em cima do Nostradamus... e em algum momento incerto tinha possuído Tomás e a sua equipa. Não era um demónio, era claramente uma entidade biológica de magnitude cósmica que podia controlar as mentes humanas para os seus próprios fins. Então Tomás levantou-se e disse: "Meus caros amigos. Agora o meu mestre Murxhu vai assumir o controlo do vosso mundo e vingar-se do desprezível Chtulhu e da sua descendência.

-Antes de passar, sabes porque é que não conseguiste sair da zona escura? Bem, é porque é uma outra dimensão que se abre de vez em quando. Não sabes quantos milhões de anos estivemos à espera deste momento e, felizmente, todas as estrelas se alinharam. Que embora a nossa tecnologia tenha perecido há milhões de anos neste universo de eternidades mais antigas, tu despertaste o grande Murxhu que em breve espalhará o terror no universo de onde vens, e não deixará vida para trás. Todas as criaturas que vieram antes eram apenas sacrifícios, e eram da vossa dimensão. Mas tu eras especial, e foi precisamente para a dimensão que Chtulhu tinha fugido e tu, com a tua energia, fizeste com que o nosso deus localizasse o traidor. O mestre tem muita fome, foram os seus sonhos que aniquilaram os seus homens quando ousaram profanar o seu santuário. Ele está presente desde a formação dos universos e sabe de tudo. Quando derrotou Chtulhu, dormiu enquanto nós o mantínhamos a sonhar com sacrifícios, mas agora acordou e quer sair do seu corpo para a sua verdadeira forma...

Para continuar...

Obrigado

Obrigado